KB121961

로크미디어가
유혹하는
재미있는 세상

ROK
MEDIA
로크미디어

이것이 법이다 59

2019년 3월 20일 초판 1쇄 인쇄
2019년 3월 25일 초판 1쇄 발행

지은이 자카예프
발행인 이종주

기획 팀 이기헌 왕소현 박경무 이승제
책임 편집 최전경

발행처 (주)로크미디어
출판등록 2003년 3월 24일
주소 서울시 마포구 성암로 330 DMC첨단산업센터 3층 318호, 319호
Tel (02)3273-5135 **Fax** (02)3273-5134
홈페이지 rokmedia.com **E-mail** rokmedia@empas.com

ⓒ 자카예프, 2015

값 8,000원

ISBN 979-11-294-0842-6 (59권)
ISBN 979-11-255-9575-5 04810 (세트)

이것이 법이다

59

자카예프 장편소설

ROK
MEDIA
로크미디어

CONTENTS

기계가 아닌 사람이다

"이쯤이면 전화해도 될 것 같은데?"

일주일쯤 지나자 노형진에게 소영민은 걱정스럽게 말했다.

"벌써 일주일이나 지났어. 이러다가 누구 하나 죽겠다."

"걱정 마. 안 죽어."

노형진은 담담하게 말했다.

'물론 정신이상은 좀 일으키지만.'

그건 뭐, 먼 미래의 일이니 걱정할 일은 없다.

"그럼 언제까지 기다릴 거야? 슬슬 분위기 안 좋아진다고."

"알아. 한창 물어뜯고 자시고 할 때지."

노형진은 뉴스를 힐끗 보면서 말했다.

"그러기를 바라서 그러는 거야."

"뭐라고? 진짜로 누구 하나 죽기를 바라는 거야?"

"뭐, 틀린 말은 아니지."

어깨를 으쓱하는 노형진.

"미친…… 야!"

"걱정하지 마. 진짜로 죽게 할 생각은 없으니까."

"그러면 왜 그러는 건데!"

"한국 사람들의 고질적인 안 좋은 버릇을 이용하려고 하는 거야."

"고질적인 버릇?"

"그래."

"무슨 버릇?"

"죽은 사람은 좋은 사람이다."

얼굴이 사색이 되는 소영민.

그게 무슨 뜻인지 알았기 때문이다.

죽은 사람은 좋은 사람이다.

이게 무슨 말이냐면, 아무리 나쁜 놈이고 죽일 놈이라고 해도 죽은 후에는 그래도 좋은 면도 있었다고 애써 포장해 주는 한국 사람들의 버릇을 말하는 것이다.

"천하의 개쌍놈이 있다고 해도 결국 죽거나 죽다 살아나면 사람들은 입을 다물거든."

실제로 그런 사람들은 많다.

가령 어떤 정치인이 국민들을 개돼지니 천하의 쓰레기니

노예니 하고 부르면 아마 당장은 때려죽여야 한다고 욕을 할 것이다.

그러나 그 인간이 당장 암에라도 걸렸다고 하면, 그래도 사람이 암에 걸렸는데 어떻게 욕을 하냐며 일단 다 치료되면 그때 이야기하자는 식으로 여론이 변하게 된다.

"그런데 그게 얼마나 웃긴 거냐면, 그 새끼는 결국 살아남아도 쓰레기일 뿐이거든."

그가 살아남는다고 해서 갑자기 국민을 위해 충성할까?

아니다. 그는 여전히 국민을 개돼지로 알 테고 노예로 취급할 것이다.

자신을 살린 것은 국민이 아니라 의사들이고, 의사들에게는 돈이 최고니까.

그러니 더 적극적으로 뇌물을 받고 더 적극적으로 국민을 등쳐 먹을 것이다.

"안 그래?"

"끄응……."

부정할 수 없는 말에 소영민은 침묵을 지켰다.

"그런 인간은 살아 있으면 소위 말하는 공기가 아까운 인간이야. 그런데 어디 아프다고 한다거나 하면 갑자기 한국에서 제일 불쌍한 놈이 된단 말이지. 옆에서는 사람이 굶어 죽어 가고 있는데 말이야."

"후우, 씨팔. 변호사를 하려면 너처럼 잔인해야 하냐?"

"어떤 면에서는 착하기만 한 변호사는 무능한 변호사니까."

"와, 난 변호사 못 하겠다."

노형진은 피식 웃었다.

"그러니까 나 같은 녀석이 있는 거야. 누군가는 몸에 똥 묻혀야지. 착하기만 하면 호구야, 호구."

"그래서 어쩌자는 거야?"

"그걸 이용하자는 거야. 넌 이 많은 안티들이 갑자기 입을 다물 거라 생각해? 아니면, 설마 이 많은 안티들 입도 다물게 하지 않고 일을 시작할 수 있을 거라 생각한 거야?"

"큭."

소영민은 아차 싶었다.

그 많은 사람들이 안티로 돌아섰다. 그들을 되돌리는 것은 사실상 불가능하다.

"너도 알다시피 이런 사람들이 갑자기 팬으로 돌아서지는 않아. 그냥 가만두면 계속 안티 짓을 하겠지."

"그렇겠지."

"그런데 당연한 이야기지만, 악플이라는 것도 엄청나게 스트레스야. 특히나 연예인들에게는 더더욱 스트레스지. 너도 알지?"

"후우, 내가 그걸 모르겠나?"

악플을 이기지 못해 자살한 연예인도 적지 않다.

고소해도 제대로 된 처벌을 하지 않는 대한민국의 법 때문에 세상 무서운 줄 모르고 떠드는 것이다.

더군다나 지금처럼 공적으로 찍혀 버린 상황이라면 통제하는 것은 불가능에 가깝다.

"지금 상황에서 어떻게 심리 치료를 해서 다시 활동해 봐야 악플은 끝나지 않을 거야."

"하아."

"거기에다가 인기는 바닥을 치는 상황일 텐데?"

"그건 그렇지."

바닥을 치는 정도가 아니라 마이너스라고 해도 무방하다.

새로 시작하면 최소한 안티라도 없지, 왈큐레는 전국적으로 안티가 어마어마하니까.

"뭐, 그거야 일단 내가 알 바 아니니 그렇다고 치고. 너는 가수들의 정신적 안정에 신경 쓰는 곳을 만들고 싶다는 거잖아?"

"그래."

"그런데 안티들이 소 새끼 개새끼 하고 있는데 안정이 오겠냐? 어떻게 보면 정신적 스트레스의 주요 원인 중 하나일 텐데."

"후우."

노형진의 말에 소영민은 자신의 실수를 인정할 수밖에 없었다.

"근본적인 문제를 해결하지 않으면 정신과 치료를 아무리 받아도 답은 없다고. 악순환만 계속될 뿐이야."

"그러면 어쩌지?"

이쪽에서 제발 그만해 달라고 빌어 봐야 사람들은 눈도 깜짝하지 않을 것이다.

이런 상황에서는 정신과 치료를 받아 봐야 미봉책일 뿐.

"최소한 입은 다물게 해야지."

"그게 자살이야?"

"그래."

자살 사건이 터지면 사람들 중 상당수는 입을 다문다.

물론 독한 놈들은 차라리 죽어라 하면서 욕할 수도 있지만, 그 수는 일부에 지나지 않을 것이다.

일부가 욕하는 것과 전부가 욕하는 것은 충격의 크기가 다르다.

"하지만 진짜로 자살을 시키려는 건 아니잖아?"

"그건 그렇지."

진짜로 자살시키면 여러모로 큰일이다.

일단 자살방조나 자살교사에 걸릴 수도 있다.

그리고 진짜로 목숨을 잃어버릴 수도 있고.

"그러니 가짜로 해야지."

"무슨 수로? 지나가던 사람이 구해 준다는 건 너무 뻔하지 않아?"

"내가 그렇게 바보냐?"

그리고 그런 식으로 해서 구한다고 해도 사람들은 바뀌지 않을 것이다. 쇼를 한다고 생각할 테니까.

"그러면?"

"그럴 때는 절대 구해 주지 않을 사람이 구해 줘야지."

"절대 구해 주지 않을 사람?"

그게 누군지 몰라서 소영민은 고개를 갸웃했다.

⚖️

"사과하라고요?"

"네."

노형진은 왈큐레의 멤버들을 만나서 확실하게 말했다.

"하지만……."

"아아, 언론에 나온 왕따가 있었다 없었다, 뭐 그런 말도 안 되는 말장난은 관심없습니다. 중요한 건 여러분들이 화선 씨와 싸웠다는 거지요. 그리고 여러분은 다수이고 화선 씨는 소수입니다. 진실이야 어떻든 간에 여러분들이 그녀와 싸웠다는 것 자체가 왕따 행위인 거나 마찬가지입니다."

"그건 인정 못 하겠네요."

"인정하기 싫으시다면 대화도 없고 당연히 지원도 없습니다."

멤버들은 입술을 깨물으면서 좀 떨어진 곳에 있는 화선을 바라보았다.

전화가 와서 나오라고 했을 때 그들은 몰래 나왔다. 살아

남기 위해서는 뭐든 해야 했기 때문이다.

사장인 마한우는 자신들이 더 이상 돈이 되지 않는다고 생각하자 이 모든 게 자신들 때문이라면서 욕하고 방치했다.

돈이 될 때 그렇게 따뜻하게 감싸 안아 주던 모습은 이미 사라지고 없었다.

"지금 마한우 사장은 여러분의 가치가 끝났다고 생각하고 있습니다. 실제로 틀린 말은 아니구요."

원래대로라면 중국으로 가서 막대한 돈을 벌었을 것이다. 그래서 마한우 사장도 한국 시장에 관심을 두지 않았던 것이고.

하지만 노형진이 중국 진출을 막아 버리면서 왈큐레는 버리는 패 이상의 의미가 되지 않았던 것.

"증거가 있나요?"

"증거요?"

"네."

"여러분들이 여기에 나온 게 증거입니다."

"뭐라고요?"

"지금 상황이 얼마나 안 좋은지 마한우 사장이 모를 리 없지요. 그런데 경호원을 철수시켰잖습니까?"

멤버들은 자신도 모르게 입술을 깨물었다.

그랬다. 현실적으로 경호원을 동원해서 자신들을 지키고 있어야 한다.

그런데 돈이 없다는 이유로 경호원들을 철수시켰다.

물론 지금 지내는 곳이 고급 아파트라 경비원이 있지만, 그들로는 자신들을 욕하는 안티들과 밀고 들어오려고 하는 기자들을 막을 수 없는 노릇.

"그리고 요즘 매니저분 보셨습니까?"

"매니저요?"

"네."

"휴가를 갔다고 들었어요."

노형진은 코웃음을 쳤다.

'잘도 그랬겠다.'

진짜로 휴가를 갔다면 차라리 억울하지라도 않을 것이다.

하지만 그녀들의 매니저는 지금 다른 아이돌을 케어하고 있었다.

노형진은 그 증거로 사진을 내밀었다.

"본 적이 있을 겁니다. 소속사에서 밀어주고 있는 박스터라는 남성 4인조 그룹."

사진을 본 멤버들의 손이 부들부들 떨렸다.

박스터와 함께 방송국으로 들어가는 매니저의 모습이 찍혀 있었다.

"그룹을 키울 때 중요한 건 능숙한 실력의 매니저이지요."

그런데 왈큐레의 매니저는 경험만 10년이 넘는 전문가다.

"웃기지 않나요?"

이런 때가 매니저가 가장 필요한 시점이다.

힘들고 주변에서 공격이 들어올 때, 능숙한 매니저가 그걸 막으면서 멤버들을 보호해야 한다.

"매니저들은 아이돌을 자기 아이라고 부르면서 금이야 옥이야 한다면서요?"

그래서 몇몇 특수한 경우가 아니라면 매니저를 쉽게 바꾸지 않는다.

"더 증거가 필요한가요?"

"……."

더 이상의 증거는 필요가 없었다.

마한우가 왈큐레를 버렸다는 건 확실했다.

"어떻게 하시겠습니까?"

"그건……."

"아, 그리고 원하든 원하지 않든, 마한우는 망할 겁니다."

"네?"

"뭐라고요?"

"제가 쓸 수 있는 모든 카드를 다 써서라도 그를 망하게 할 겁니다."

노형진이 그렇게 말하는 이유는 간단하다.

마한우는 악의 축 같은 존재이기 때문이다.

그는 경험이 많고 오래된, 연예계의 큰손이다. 그런데 이게 마냥 좋은 게 아니다.

'한국 연예계가 조폭의 그림자에서 벗어난 지 오래되지 않

았지.'

과거에는 조폭들이 연예계를 주물렀다. 그래서 온갖 더러운 면이 있었고.

마한우는 그때부터 이 바닥에서 큰손이었다.

'다시 말하면 조폭 출신이라는 뜻이지.'

조폭 출신으로, 소속 연예인이나 직원에 대한 폭행 사건이 자주 있었다. 다만 힘이 있으니 드러나지 않았을 뿐.

그는 현대에는 맞지 않는 사람이다.

"원하시면 그대로 가셔도 됩니다. 마한우에게 말해도 됩니다. 하지만 그 결과는 본인들이 책임지셔야 합니다."

노형진은 자신의 명함을 내밀며 말했다.

오늘을 위해 노형진은 평소 들고 다니는 명함이 아닌 다른 명함을 준비했다.

그리고 그걸 받아 든 멤버들은 자신도 모르게 공포로 몸이 얼어붙었다.

엔터테인먼트조합 이사 겸 고문 변호사 노형진

그게 노형진이 미리 준비한 명함이다.

왈큐레 멤버들이 연예계에 있는 이상 그가 얼마나 큰 힘을 가지고 있는지 모를 리 없다.

얼마 전에 노형진의 눈 밖에 난 초대형 기획사 하나가 그대로 날아갔다.

사장은 투자금은커녕 땡전 한 푼 남기지 못하고 길거리로 나앉아 버렸다.

"이게 무슨 뜻인지 모르지는 않으실 겁니다, 사전에 충분히 경고도 했으니."

말하면 망하게 한다고 이미 말해 놨다.

다만 이번에는 그럴 힘이 있다는 것을 보여 준 것뿐.

"그러면 어떻게 해야 하나요?"

"야!"

"그러면 망할 거야?"

"그건……."

누구 한 명이 나서자 다들 입을 다물었다.

물론 자신들을 키워 준 사장에게 고마운 감정이 없다고 하면 거짓말일 것이다. 하지만 자신들은 프로고, 프로는 고마운 마음만으로 움직일 수는 없다.

"만일 이쪽으로 넘어오신다면 중국에서 활동할 수 있게 해 드리지요."

"중국요?"

"네. 더 큰 스폰서를 붙여 드리지요."

"더 큰 스폰서……."

"그분은 여러분들한테 관심이 많으십니다. 돈도 많구요. 혹시 압니까, 선물로 페라리라도 한 대씩 뽑아 주실지?"

다들 눈이 동그래졌다.

선물로 페라리를 뽑아 줄 정도라니?

'뭐, 원래 역사대로 돌아가는 것뿐이지만.'

원래 중국에서 왈큐레를 지원하는 것은 다른 사람이다.

평오룬이 돈이 많기는 하지만 다른 사람이 그에게 접촉해서 어마어마한 돈을 주고 왈큐레를 사 간다.

어느 재벌집 아들인데, 왈큐레라면 사족을 못 쓰기 때문에 그렇게 해서 모셔 가서 활동한다.

'그 덕분에 마한우가 떼돈을 벌지.'

그게 그가 한국 시장을 경시하는 가장 큰 이유가 되기도 했다.

'그 과실은 내가 따 먹도록 하지.'

남을 등쳐 먹던 놈이 잘 먹고 잘사는 것은 배알이 꼴리니까.

"진짜인가요?"

"네. 단 조건이, 화선 씨와 화해하는 겁니다."

모두의 시선이 좀 떨어진 곳에 있는 화선에게로 향했다.

"자, 이야기해 볼까요?"

노형진은 씩 웃으며 말했다.

⚖

"사악한 새끼."

"내가 뭘? 난 확실하게 도와준 거야. 안 그래?"

"그거야 그렇지만……."

화선과 왈큐레는 화해했다.

아니, '그 자리에서는' 화해했다고 하는 게 맞을 것이다. 지금까지의 앙금이 바로 사라지지는 않을 테니까.

"그들은 너를 통해 멤버들의 심리 상담 및 치료를 진행할 거야. 그러면 네가 원하는 대로 할 수 있잖아?"

"그렇기는 하지."

"확실하게 말해라. 팬클럽의 입장에서는 사악하게 느껴질지 모르지만 사업으로는 확실한 거야. 왈큐레만 한 홍보 대상이 어디에 있어?"

"하아, 그래그래, 네 말이 맞다."

소영민은 기분이 착잡했다.

그럴 수밖에 없는 게, 왈큐레가 자신의 단체를 통해 심리 상담을 받는다는 것은 확실한 홍보 방법이다.

그리고 그 과정에서 서로 화해하고 용서를 알아 가는 것은 상당한 이슈를 가지고 올 것이다.

"하지만 역시 팬클럽 부회장으로서는 영……."

"팬클럽 탈퇴해 버려."

"잔인한 놈."

"원래 이런 일은 개인 감정만 가지고 하는 게 아니야."

노형진이 지적하기도 했지만, 그 또한 팬클럽 부회장으로

서 이런 일이 외부에 드러나면 왈큐레의 이미지만 나빠질 것임을 잘 알고 있었기에 계속 함께하는건 무리라고 생각하고 있었다.

"그리고 애초에 더 이상 나빠질 이미지나 있냐?"

"그건 그러네."

이미 그룹의 이미지는 개판이다. 그러니 나빠진다는 말은 의미가 없다.

"때로는 썩은 부위를 통째로 도려내야 상처가 낫는 법이다."

"쩝."

소영민은 안타깝다는 듯 눈을 찌푸렸지만 부정하지는 않았다.

노형진의 말이 맞다.

연예인들의 정신적인 부분을 본다면 좋은 꼴은 결코 볼 수가 없을 것이다. 그러니까 그들이 수시로 마약이나 음주운전으로 걸려 들어갈 수밖에.

"계획은 준비되었고. 그날 기자를 부를 거야?"

"아니."

노형진은 고개를 흔들었다.

"그러면 너무 작위적이잖아."

"그럼?"

"우리에게는 믿을 만한 구원자가 있지, 후후후."

"네, 119입니다."

119 상황실은 언제나 바쁘고 언제나 번잡하다.

사실 그들이 바쁘지 않아야 한국이 평화로운 것인 만큼, 마냥 좋다고 할 수 없는 일이기는 하다.

―큰일 났어요! 제 친구들이 죽을 것 같아요!

"진정하고 천천히 말씀해 보세요."

전화기 너머에서 들리는 여자의 목소리에 119 근무자는 천천히 말했다.

이런 경우 자신이 진정시키지 않으면 신고자가 횡설수설 하면서 제대로 말을 하지 못하기 때문이다.

―얼마 전에 친구들이랑 싸웠는데, 그게…… 좀 일이 커졌 거든요. 그런데 방금 친구들한테서 문자가 왔어요! 미안하다 고, 다시는 이런 일 없을 거라고, 용서해 달라고.

"그런데요? 정확하게 말씀하셔야 합니다."

고작 그걸 가지고 죽을 거라고 확신할 수는 없다.

―그런데 분위기가 이상해요. 다음 생에는 우리 이러지 말 자고 문자를 남겼어요.

"다음 생요?"

―네.

"친구들이라고 하셨지요?"

─네.

"그러면 몇 명인가요?"

─네 명요.

"네 명……."

상황실 근무자는 이해가 가지 않았다.

고작 싸웠다는 이유로 그들이 자살까지 한다? 그것도 사과의 문자를 보내고?

그건 말이 안 된다.

한두 명도 아니고 무려 네 명이나 한꺼번에 그런 선택을 할 이유가 없다.

"친구분들이 그런 선택을 할 이유가 있나요?"

─그건…….

"긴급 상황이라면 사실대로 말해 주셔야 합니다."

근무자의 말에 상대방은 힘없이 말했다.

─저 화선이에요. 친구들은 왈큐레구요.

"화선 씨라고요?"

─네.

'으음…….'

근무자는 정신이 아찔해졌다.

화선과 왈큐레에 관련된 일은 모르는 사람이 없다. 그들이 어떤 상황인지도 말이다.

그리고 그는 오랜 근무 경험으로 모든 가능성을 생각해 보기 시작했다.

'왈큐레라면, 요즘 왕따설 때문에 시끄러운 그룹이다. 그리고 실질적으로 완전히 매장당한 상황이고…….'

종종 연예인들이 그러한 처지를 비관해서 자살하는 경우가 있었다.

그러나 어떤 면에서는 그들보다 더 안 좋은 게 지금 상황이었다.

다른 이들은 단순히 인기가 떨어진 거지만, 왈큐레 같은 경우는 전 국민에게 왕따당하고 있는 중이기 때문이다.

그는 직감적으로 지금 상황이 위급 상황이라는 사실을 느꼈다.

"그러면 그 후에 연락은 해 보셨나요?"

―네. 그런데 전화를 안 받아요. 숙소에도 가 봤는데 한 명도 없어요.

"알겠습니다. 바로 접수하겠습니다."

그는 직감적으로 일이 커질 거라 생각해서 바로 위에 보고했다.

단순히 지령을 내려서 사람을 보내는 걸로는 안 되기 때문이다.

"뭐? 핸드폰 추적?"

"네."

현행법상 긴급 상황에서 119는 핸드폰을 통한 위치 추적을 할 수 있는 권한이 있다.

그래서 자살이 거의 확실하다고 생각되는 경우, 경찰보다는 119에 신고하는 게 더 빠르다고 이야기한다.

경찰에 신고해서 다시 119에 추적을 요청하면 두 시간 이상 지체가 되기 때문이다.

"신고자는 화선이고 피신고자는 왈큐레입니다. 상황은……."

"아아, 그만. 바로 추적해. 지금 왈큐레 상황을 모르는 사람이 어디에 있어?"

책임자는 다 안다는 듯 손을 휘휘 저으면서 바로 도장을 찍었다.

"누가 봐도 자살하지 않는 게 용한 상황이구면. 빨리 추적해. 이거 일 틀어지면 우리가 욕을 바가지로 먹는 거 알지?"

"네."

웃긴 일이지만 국민들이 욕해서 자살로 몰고 가 놓고서는 그걸 못 구하면 소방관이 욕먹는다.

"빨리 위치 추적해. 번호는 알지?"

"신고자로부터 받았습니다."

"그래, 바로 추적해."

상황이 다급하게 돌아갔다.

그리고 그런 어수선한 분위기는 상황실에서 대기하고 있던 기자의 눈에 포착되었다.

"무슨 일 있어요?"

"별일 아닙니다."

직원은 눈을 찌푸리면서 멀어졌다.

하지만 방법이 없는 건 아니었다.

"실례합니다."

그가 간 곳은 핸드폰을 추적하는 부서였다.

자체 추적은 아니고 회사에 부탁하는 거지만, 어찌 되었건 중요한 일이 있다면 여기에 올 수밖에 없는 것이 현실이다.

그리고 방금도 그곳에서 나왔고.

"뭐 좋은 건수 좀 있어요?"

기자는 그걸 알고 있었기 때문에 이곳 근무자에게 평소 기름칠을 해 놨다.

그리고 그 기름칠은 적절한 효과를 발휘했다.

"이거 비밀인데, 사실은……."

⚖️

애애애앵.

멀리서 달려오는 구급차와 소방차 소리에 노형진은 차에서 멀어졌다.

차 안에는 왈큐레의 멤버들이 수면제를 먹고 잠들어 있었다.

"우…… 냄새."

"이거 위험한 거 아니지?"

"아니야. 냄새만 나는 거야."

동반 자살에서 가장 많이 쓰는 방법.

그건 다름 아닌 차량에서 번개탄을 피우는 거다.

물론 너무 멀쩡한 번개탄을 넣어 두면 사람들이 믿지 않을 테니 새것을 둘 수는 없다.

그렇다고 진짜로 불을 피우자니 워낙 일산화탄소가 많이 나오는 물건이라 진짜로 죽을 수도 있다.

"그러니까 적당히 냄새만 피웠지."

애초부터 좀 조작해서 피운 덕분에 번개탄은 타다가 꺼져 버렸다. 그걸 차 안에 두고 멤버들은 수면제를 먹고 잠든 것이다.

이미 꺼진 번개탄이니 일산화탄소는 나오지 않겠지만, 타다가 말아서 냄새 자체는 독했다.

"외부에서 보면 아마 번개탄이 중간에 꺼져서 산 걸로 알 거야. 멤버들은 수면제로 잠들어서 그걸 모르는 거고."

사람들이 없는 한적한 산속의 공원 주차장.

그곳에서 좀 떨어진 곳에 숨어 있자 구급차와 119의 구난 차량이 다급하게 들어오는 것이 보였다.

"이렇게 하면 사람들은 대놓고 욕하기 힘들어지지."

"무서운 놈."

"원래 이런 거야. 내가 무섭긴 뭐가 무섭냐? 말로 사람을 말려 죽이려고 하는 놈들이 무섭지."

"크…… 세상이 다 무섭다, 진짜."

소영민은 머리를 절레절레 흔들었다.

노형진 말대로 그보다는 세상이 더 무서운 것 같다는 생각이 절로 들었던 것이다.

"여기에 있다!"

누가 봐도 텅 빈 주차장에 강한 선팅을 한 고급 승용차가 덩그러니 세워져 있으니 눈에 안 뜨일 리 없다.

"어서 열어!"

소방관은 다급하게 다가가서 문을 열려고 했지만 쉽게 열리지 않았다.

"안에 사람이 있어요! 움직이지 않습니다."

찰싹 달라붙어서 안쪽을 본 다른 소방관의 말에, 옆에서 있는 힘껏 창문을 몽둥이로 앞 유리를 내리쳤다.

그러나 힘껏 내려친 몽둥이는 속절없이 창문에 튕겨 나왔다.

"크아악! 뭐야? 왜 안 부서져!"

"이런, 방탄 처리한 거 아냐?"

"이런 미친."

사실 방탄 처리라는 것이 마냥 좋은 것은 아니다.

치안이 좋지 않은 외국이라면 모를까 한국에서는 의미가 별로 없는 데다가, 사고가 났을 때 깨트릴 수가 없어서 구조 시간이 지체되기 때문이다.

"유압기! 유압기 가져와! 어서!"

다급하게 가지고 온 유압기로 결국 문을 부수는 대원들.

그러는 사이 뒤따라온 기자들은 연신 사진을 찍어 대고 있었다.

"숨을 쉬고 있습니다."

"다행이다. 어서 구급차로 옮겨!"

맥박을 확인한 구급대원이 멤버들을 차로 옮기는 것을, 노형진은 멀리서 미소를 지으면서 바라보고 있었다.

⚖

—썅년들 그냥 죽지.

—윗놈 눈치 진짜 없네. 너 고소.

—너 같은 놈 때문에 나라가 망하는 거다.

—판사님, 악플은 제가 쓴 게 아닙니다. 고양이가 썼습니다.

—작작 좀 해라, 새끼들아. 이게 지금 웃을 일이냐?

인터넷은 난리가 났다.

한 명도 아니고 걸 그룹이 단체로 자살을 시도한 사건은 처음이다 보니 워낙 충격이 컸던 것이다.

물론 아직까지 욕을 하는 사람들도 있기는 했지만 과거에 비하면 현저하게 줄어들었고, 그들도 사람들이 상황도 모르냐며 뭐라고 하자 이내 사라지고 말았다.

물론 욕먹는 걸 즐거움으로 여기는 악플러들이야 여전하지만.

"한순간이네."

거의 초 단위로 열 개씩 올라오던 악플이 한꺼번에 사라지자 소영민은 신기하다는 듯 인터넷을 뒤졌다.

물론 분위기가 갑자기 좋아진 것은 아니다.

하지만 얼마나 힘들었으면 멤버들이 한꺼번에 자살을 시도하냐며 자정하는 작용이 일어나기 시작한 것이다.

"작용과 반작용이 과학에만 있는 말은 아니지."

과거에는 여론에 밀려서 아무런 말도 못 하던 온건파가, 사건이 커지면서 입을 열 수 있게 된 것이다.

그리고 그동안 심했던 사람들도 이런 일이 터지자 아차 싶었던 거고.

"그런데 왜 고소를 안 해? 이럴 때 고소하면 더 빨리 사라지는 거 아냐?"

"아니야. 정확하게 알아야 하는 게, 지금 우리가 저들보다 상황이 좋은 게 아니야. 엄밀하게 말하면 우리는 목숨을 이용해서 국민들에게 아량을 베풀어 달라고 쇼하는 거야. 그런 상황에서 우리가 고소한다고 해 봐. 물론 악플 자체는 줄겠지. 하지만 이미지가 다시는 돌아갈 수 없는 지경이 될걸. 적반하장이 될 테니까."

"그런가?"

"그래. 지금은 맞고소를 해야 하는 게 아니라 무슨 짓을 해서든 국민들의 감정을 돌려야 하는 시점이야. 무슨 뜻인지 아시죠, 화선 씨?"

노형진은 옆에 있는 화선을 바라보면서 말했다.

"물론 이게 참 작위적이고 기만하는 것 같아 보이는 거 압니다. 하지만 연예계라는 게 그런 세계인 거, 아시잖아요?"

"알아요. 그런 각오도 없이 들어온 거 아니니까요. 다른 멤버들에게 큰 잘못이 있는 것도 아니고."

물론 감정이 없다면 거짓말일 것이다.

하지만 어찌 되었건 이성적으로는 이 모든 사건의 원인이 마한우라는 것을 그녀도 알고 있다.

쉴 틈도 주지 않고 돌려 댄 덕분에 멤버들이 거의 반쯤 미쳐 있었다는 것도.

"하지만 쉽지가 않네요."

"압니다. 하지만 결국 이것도 다 비즈니스죠."

"하아, 네."

사실 이러한 부분도 결국은 상담을 통해 나아져야 할 부분이다.

"하기 싫으시다면 말리지는 않겠습니다. 하지만 지금 이대로 바깥으로 나가도 그다지 좋지 못할 거라는 건 알고 계시죠?"

화선의 눈이 찡그러졌다.

마한우가 마치 좋은 사람인 양 그녀를 조건없이 풀어 주는 것처럼 이야기했지만, 사실 그는 그렇게 좋은 사람이 아니다.

과거 최고의 인기를 끌 때 자신들과의 계약을 거절했다는 이유로 막대한 뇌물과 로비를 통해 어떠한 방송에서도, 심지어 라디오에서조차도 한 가수의 노래를 틀지 못하게 했던 것이 그다.

지금이야 시끄러우니 조용하지 시간이 지나면 어떻게 해서든 화선을 무너트리려고 덤벼들 것이다.

"그리고 그걸 막기 위해서는 어떻게 해서든 왈큐레가 마한우에게서 떠나게 만들어야 합니다."

"알아요."

그가 힘을 가질 수 있는 건 인맥과 돈이 있기 때문이다.

그중 하나인 돈은 왈큐레가 벌어 주는 것이 대부분인 상황.

"그러니 마음을 강하게 먹고 이야기를 해 보세요. 당장 용서하라는 건 아닙니다. 하지만 최소한 기회는 줄 수 있지 않나요?"

결국 화선은 고개를 끄덕거렸다.

"좋습니다. 그러면 바로 병원으로 가세요."

화선이 병원으로 향하자 노형진은 의자에 길게 기대앉았다.

"될까?"

"될 거야. 피해자가 나서서 가해자를 병간호하는 상황에서 사람들이 욕하는 것은 쉽지 않지."

거기에다가 가해자는 자살을 시도했던 사람들이다.

자신의 잘못을 목숨으로 갚으려고 했던 것처럼 보이는 상황.

"한국 사람들은 선처를 해야 한다는 강박관념이 있어서, 이런 상황에서는 섣불리 욕을 못 해. 더군다나 지금쯤이면 언론사에 왈큐레를 구한 것이 화선이라고 소문이 났을 테니까, 아마 내일쯤이면 도배가 되겠지."

"그래?"

"그래. 그렇게 되면 이제 조용해질 거야."

거기에다 그녀가 나서서 병간호까지 한다면 언론은 이를 미담처럼 꾸며 기사를 내보내 될 것이다.

반성할 줄 아는 사람과 그걸 용서할 줄 아는 사람.

한국에서 보기 힘든 미담이고 또 연예계에서는 지금까지 없었던 미담이기도 하다.

그러니 적절하게 미담으로 포장하는 것은 어려운 일이 아니다.

"다만 그 이후는 네가 알아서 해야지."

"우리가 나서서 치료를 요구하면서 모금을 하라 이거지?"

"그래."

그러면 왈큐레 팬클럽은 적잖은 돈을 모아 줄 것이고, 그걸 시작으로 다른 가수들과 접촉하면서 그들의 정신적 안정과 치료를 위해 일하게 될 것이다.

"문제는 이제 하나뿐이야."

"마한우."

자신들이 왈큐레를 화해시키고 안티 세력을 일단 잠재웠다고 해도, 돈독이 오른 마한우가 그걸 그대로 집어삼키면 남 좋은 일을 한 꼴밖에 되지 않는다.

"그 녀석을 축출해야겠어."

노형진은 마한우의 미래를 결정지었다.

문제를 해결할 때 어떠한 희생도 없이 할 수 있으면 좋겠지만, 그럴 수 없다면 누군가를 희생시켜야 한다.

그리고 이번 일에서 그 대상은 바로 마한우였다.

"그가 과연 버틸 수 있을지 두고 보자고."

짐승을 대할 때는 짐승처럼

"이런 젠장! 이런 상황에서 이렇게 사고를 치면 어떻게 하자는 거야!"

안 그래도 상황이 무척이나 안 좋다.

그 와중에 일어난 왈큐레의 자살 미수는 기업을 발칵 뒤집기에 충분했다.

"사장님, 기자들이 몰려와서 난리를 피우고 있는데 어떻게 할까요?"

"어떻게 하긴! 막아야지!"

"막는다고 해도······."

들어오는 거나 막을 수 있을 뿐, 아예 입구에 진을 치고 기다리고 있으니 자신들이 할 수 있는 것은 없다.

"병원에서는 뭐래?"

"그게……."

"뭐라는 거야?"

직원은 참담한 표정이 되었다.

이걸 말하면 좋은 꼴은 못 당하기 때문이다.

"뭐야? 왜 말을 안 해?"

"그게……."

직원은 잠깐 침묵을 지키다가 입을 열었다.

"목이 나갔다고……."

"뭐?"

"연탄가스로 인해 목이 상했답니다."

청천벽력 같은 소리에 마한우는 한순간 정신이 나갔다.

가수에게 제일 중요한 게 바로 목소리다.

목소리가 나갔다고 하면 당연히 가수로서의 생명은 다한 셈이다.

"아무래도 제대로 된 목소리가 나오기가 힘들 거라고……."

말을 하던 직원의 얼굴이 왼쪽으로 확 돌아갔다. 마한우가 그의 뺨을 강하게 후려친 것이다.

얼마나 강하게 쳤는지 아예 몸이 바닥을 데굴데굴 굴렀다.

"이런 씨발 새끼야! 가수 관리 제대로 하라고 했어, 안 했어!"

"하지만……."

"하지만은 뭐가 하지만이야, 이 개새끼야!"

분노로 눈이 돌아가서 쓰러진 직원을 발로 마구 차는 마한우.

"이 개새끼야! 가수에게 목이 생명인 거 알아, 몰라! 그런데 목이 나가게 가만둬?"

직원에게 마구 분노를 표출하는 마한우.

하지만 직원은 저항할 수가 없었다.

사실 이딴 회사, 그만두면 그만이다. 그러나 여기서 저항하면 마한우 뒤에 있는 조폭들이 움직인다는 것을 그는 잘 알고 있었다.

"씨발 놈의 새끼들. 당장 병원으로 가자."

"좋은 생각이 아닙니다."

그때 한 사람이 나서서 말했다.

"넌 뭐야, 이 새끼야?"

"사장님, 진정하세요. 정말 지금 병원으로 가실 겁니까? 이대로 가면 기자들이 달라붙을 겁니다."

"크윽."

마한우는 눈을 찡그렸다.

안 그래도 기자들과 사이가 안 좋은 상황이다.

중국으로 갈 생각으로 소 새끼 개새끼라며 기자들에게 있는 대로 욕을 퍼부어 놨는데 일이 틀어지는 바람에 역으로 욕을 먹은 것이다.

"염병할. 싯팔……."

그는 끊임없이 욕을 하면서 몸을 돌렸다.

어차피 여기에 있어 봐야 할 수 있는 게 없으니까.

"당장 병원에 가서 상황 다 확인하고 와. 그리고 애들 관리 제대로 못 한 건 너희들 책임이니 조용히는 안 끝날 줄 알아."

그러면서 그가 사장실로 들어가자 쓰러진 직원은 입술에서 흐르는 피를 스윽 닦으면서 일어났다.

"개새끼."

"목소리 중요한 거 그렇게 잘 알면서 애들을 그렇게 개같이 굴리냐?"

사실 그 살인적인 스케줄로는 공연만 소화하는 것도 쉽지 않은 일이었다.

그래서 몇 번이나 목소리가 가서, 관중 몰래 녹음된 음악을 틀어 준 적도 있었다.

수년간 연습을 거쳐서 그렇게 강인한 가수들조차도 질려 버릴 듯한 스케줄에 목소리가 갈 정도이니 정상적인 상황은 아닌 셈이다.

"관리 책임? 씨발 새끼. 자기가 관리하던 애들 다 빼라고 하고선."

왈큐레를 관리하던 매니저도 그리고 경호하던 경호원도, 모두 마한우가 빼라고 했다. 추가적인 지출을 막아야 한다면서 말이다.

그런데 이제 와서 관리 책임을 지라니.

"조금만 참아. 어차피 이 짓거리도 얼마 안 남았잖아?"

"알기는 하는데……. 아, 씨팔. 선배, 그거 확실한 거예요?"

"그래."

방금 전 사장을 말린 남자는 고개를 끄덕거렸다.

"저 새끼만 쫓아내면 우리에게도 좋은 시절 온다. 우리도 우리 애들 데리고 활동할 수 있어."

"후우, 씨발……."

직원은 한숨을 쉬면서 머리를 쓸어 올렸다.

"아, 이 안 나가게 보호하느라고 죽을 뻔했네."

"이거야 원, 회사 보급품으로 마우스피스라도 사야 하나?"

뒤쪽에 있던 여직원이 씁쓸하게 말했다.

"그런 건 미리미리 좀 사 두세요."

맞은 직원은 툴툴거리면서 다른 여직원을 바라보았다.

그녀는 고개를 끄덕거리는 것으로 대답을 대신했다.

그런 그녀의 손에는 핸드폰이 들려 있었다.

"선배님이 말씀하신 그 좋은 시절, 제발 빨리 좀 왔으면 좋겠네요."

다들 고개를 끄덕거렸다.

⚖️

가수에게 생명이나 마찬가지인 목소리가 나갔다는 사실에 기자들은 떡밥에 몰려든 물고기처럼 병원 앞에 진을 치고 있었다.

따로 고용한 경호원들 때문에 들어오지는 못한 것이다.

"이래도 되는 거예요?"

"나중에 일 나는 거 아니에요?"

"그나저나 진짜 너무하네. 목소리 나갔다고 이제 가치도 없다는 거야, 뭐야? 사장님은 얼굴도 안 비치네."

바깥에 가득한 기자들을 보고 걱정스럽게 말하는 왈큐레의 멤버들.

그런데 언론에 나간 것과 다르게 그들의 목소리는 멀쩡하기만 했다.

"아무래도 기자들이 있으니까 부담스러워서 올 수가 없지. 그러니 직원들만 보내는 걸 테고."

"그걸 어떻게 알아요?"

"아무래도 현 상황에서 그가 등장하면 기자들이 전부 그에게 몰려들 테니까."

현재 왈큐레는 숱한 문의와 요청에도 불구하고 언론과의 접촉을 일절 차단하고 있다.

결국 기자들이 접촉할 수 있는 곳은 소속사뿐인데, 문제는 왈큐레는 소속사에조차도 연락을 하고 있지 않다는 것.

"사장님은 변호사님의 적 아니에요? 그런데 편들어 줘요?"

듣고 있던 화선이 고개를 갸웃하면서 물었다.

보통 싸가지가 없다는 식으로 욕을 해 줘야 정상이다. 그런데 도리어 노형진은 마한우를 위해 변명을 해 주다니?

"편들어 주는 게 아니야. 진실을 말하는 거지. 물론 너희가 내 여자 친구라면 편들어 주면서 같이 욕할 수도 있겠지. 하지만 이건 일이야. 그것도 법적인 재판이지. 그러니 편들어 주는 게 중요한 게 아니라 사실을 말해 주는 게 중요해. 그러지 않으면 나중에 속였다는 말이 나올 수 있으니까."

"헤에."

신기하다는 듯 바라보는 멤버들과 화선.

"우리가 만난 변호사들은 어떻게 해서든 순간만 넘기면 된다고 하던데."

"뭐, 일하는 스타일이 다르니까."

어깨를 으쓱한 노형진은 다시 한 번 기자들을 바라보았다.

해 떨어진 지 오래지만 집으로 갈 생각을 하는 기자는 없어 보였다.

"뭐, 우리가 걱정할 건 아니지."

블라인드를 내린 노형진이 다시 안쪽으로 들어오자 모두의 시선이 그를 따라왔다.

"이제 어떻게 하는 거예요?"

"일단 영민이가 후원금을 모으고 있어. 그 후원금으로 너희들의 정신적 치료비를 요구하는 소송을 할 거야."

"네? 정신적 치료비 요구 소송요? 계약 해지 소송이 아니고요?"

"그래. 계약 해지 소송은 여러모로 번거롭거든. 나중에 문제가 될 가능성도 아주 높고."

노형진이 계획하고 있는 소송은 계약 해지 소송이 아니라 업무상 재해로 인한 손해배상 및 그 치료비를 받아 내는 것이었다.

"그게 해당돼요?"

"될 수도 있고 안 될 수도 있고."

"에?"

"이게 참 애매하거든."

연예인은 계약된 직원이 아니다. 그러니 업무라는 것도 명확하지 않고, 또 지금 상황이 업무상 재해에 들어가는지도 명확하지 않다.

"하지만 중요한 것은 너희가 계약을 해지할 의사가 없다는 걸 보여 주는 거야. 하지만 그렇다고 해서 손해 볼 의사도 없다는 것도 함께 말이지."

"그게 무슨 뜻이지요?"

"말 그대로 상대방에게 피해만 주겠다는 거지."

"피해?"

"그래."

현재 왈큐레는 가수로서 수명이 다한 셈이다.

일단 이미지가 개판이다.

노형진으로 인해 과거에 비해 안티들이 조용해졌다고 하

지만, 그렇다고 해서 이미지가 좋아진 것은 아닌 상황.

거기에다가 공식적으로는 목이 상한 것으로 되어 있다.

"그러니 현 상황에서 소속사에 있어 너희는 계륵이지. 아니, 짐이라고 봐야 해."

다들 입술을 깨물었다.

인정할 수밖에 없는 현실이기 때문이다.

"그런데 너희들이 치료비까지 달라고 하면 뭐라고 하겠어?"

"그쪽에서 계약 해지 소송을 하겠군요."

"그렇겠지. 그리고 아 다르고 어 다른 것이 법이니까."

만일 이쪽에서 계약 해지 소송을 하고 승소 판결을 받은 후에 다시 활동하면 어떻게 될까?

그러면 저쪽에서는 이번에 목이 나갔다고 한 것도 거짓이라고 주장하면서 사기를 이유로 다시 소송을 걸지도 모른다.

게다가 실제로 속이는 것이기도 하고.

"하지만 저쪽에서 계약 해지를 먼저 하면 이야기는 달라지지."

이들은 치료받아서 재활할 수 있음을 주장했는데 저쪽에서 계약을 해지한다면, 다시 활동하게 된다고 해도 저쪽에서 뭐라고 할 수가 없다.

계약을 해지하려고 한 건 그쪽이었으니까.

"법에서는 아 다르고 어 다르니까, 똑같은 결과를 가지고 온다고 해도 그 책임은 전혀 다른 방식으로 지게 되거든."

"복잡하네요."

"그래. 하지만 복잡한 만큼 안전하지."

노형진은 씩 하고 미소를 지었다.

"이제 슬슬 우리 백마 탄 왕자님이 등장하실 때가 된 것 같은데."

"백마는 무슨. 어디 이상한 소리를."

때마침 문을 열고 들어오던 소영민이 툴툴거리면서 노형진에게 다가왔다.

"어떻게 되어 가?"

"뭐, 좀 혼잡스럽기는 한데 정리는 되어 가고 있어. 빠질 놈은 빠지고 남을 놈은 남고."

"숫자도 중요한 거 알지?"

"그래. 내가 그걸 모르겠냐?"

사실상 안티나 다름없는 조직을 중립으로 돌리고 치료비를 받아 내는 일종의 사회단체로 바꾸려는데 반대하는 사람이 없을 리 없다.

"하지만 적당히 영웅심 자극하면 다들 넘어오지. 애초에 이런 경우 많은 놈들이 영웅심으로 움직이거든."

소영민은 씩 웃었다.

국민이 인정하는 공공의 적이 생기는 경우, 그들을 공격하는 것을 일종의 영웅적 행동으로 봐서 굳이 나서서 때려 대는 인간들이 있다.

그런 그들의 영웅적 행동을 치켜세우면서 좀 더 영웅적으로 용서나 화해나 치료 등을 언급하면 그들은 자신들의 행동에 취해서 자연스럽게 따라오게 되어 있다.

"벌써 5천이나 모았다."

"벌써? 빠른데?"

"그동안 조용히 있던 왈큐레 팬클럽이 대거 가입했거든."

거기에다 소영민이 이야기한 걱정이 실제로 근거가 없는 일이 아니다.

멤버들이 한꺼번에 동반 자살을 하려고 했던 것도 있으니 자연스럽게 관심도 높아질 수밖에 없고.

"벌써부터 다른 팬클럽도 관심을 보이고 있어."

"아무래도 팬들은 어떻게 해서든 자신들의 우상을 돕고 싶어 할 테니까."

가수든 연기자든, 이런 부분에 대해 걱정이 없지는 않을 테니.

"일단 그들을 포섭하는 건 이쪽이 유리해지고 나서야."

"알고 있어. 소송 준비는?"

"다 끝났어. 그러면 바로 시작하자고."

⚖️

왈큐레로부터 소송을 당한 마한우는 똥 씹은 표정으로 재판정으로 나왔다.

계약 해지 소송도 아니고, 업무상 재해에 따른 손해배상 및 치료비 보상이라니.

"재판장님, 이번 사건은 피고 측의 가혹한 업무량 할당으로 인해 발생한 사건입니다. 피고는 원고와 계약관계에 있는 자로서 원고의 전반적인 업무 관리와 그로 인한 수익 관리 등을 담당하고 있습니다. 하지만 피고 측은 이 점을 악용하여 하루 평균 세 시간 미만의 수면 시간만을 보장하였을 뿐만 아니라 그로 인한 수익 대부분을 착취하여 원고들은 우울증과 정신적 스트레스가 심각하게 발생하였습니다. 그로 인하여 조직 내 분쟁이 발생하였으나, 그 이미지 관리를 해야 하는 책임이 있는 피고 측은 그 부분을 방치한 끝에 결국 그로 인한 스트레스로 인하여 원고들이 최종적으로는 자살을 선택하는 처지가 되도록 했습니다. 그 결과 원고 측은 목에 회복 기간이 미상인 상처를 입었고, 그뿐만 아니라 이미지가 붕괴되어 사실상 연예계 활동이 불가능하게 되었습니다. 이는 명백히 피고 측에 그 책임이 있으므로 그에 대한 배상이 당연하다 할 것입니다."

노형진의 공격에 마한우는 눈을 찌푸렸다.

지금 속이 쓰린 것은 누구보다 자신이다. 그런데 자신에게 손해배상을 해 달라니.

"피고 측, 증언하세요."

노형진의 공격이 끝나자 판사는 피고 측을 보고 말을 꺼냈다.

"이번 집단 자살 미수 사건에 대해서는 저희 쪽도 상당히 우려하는 바입니다. 하지만 이번 사건은 원칙적으로 본인들의 선택으로 인한 일일 뿐, 원고 측에는 어떠한 책임도 없습니다."

"하지만 그 원인이 정신적 스트레스로 인한 것임은 누구나 다 아는 사실인데요."

"그건 그들의 주장일 뿐이지요. 저희는 충분한 휴식 시간을 보장했습니다."

"그래요?"

노형진은 코웃음을 치면서 증거를 내놓았다.

"재판장님, 여기 원고들의 지난 세 달간의 스케줄 표를 제출하는 바입니다. 이 표에 따르면 평균 취침 시간은 하루 세 시간 이내이고, 최고로 많은 수면 시간이 다섯 시간 정도입니다. 정상적으로 삶을 살아간다고 볼 수가 없는 수치입니다."

"그건 서류상의 오류일 뿐입니다. 연예인들은 공연하거나 촬영하는 시간보다 이동 시간이 더 많습니다. 그때 충분한 휴식을 취할 수 있는 것이 사실이고요. 그렇지 않다면 사람이 하루에 세 시간만 자면서 어떻게 살겠습니까? 여기 스케줄 표를 보십시오. 오전 9시 공연 이후에 네 시간 동안 이동해서 오후 1시 공연, 그 후 세 시간 동안 이동해서 오후 4시 공연, 그리고 다시 네 시간 동안 이동해서 오후 8시 촬영. 보다시피 대부분의 일정 사이에 서너 시간 정도 비는 시간이 있습니다. 이사이에 충분한 잠을 잘 수 있습니다."

스케줄 표를 들이밀면서 '충분한 휴식'을 주장하는 피고 측 변호사.

하지만 그건 모르는 사람을 위한 변명일 뿐이다.

'내가 그것도 모를까?'

덕질을 한다는 것은 그저 그 사람의 상품을 사는 것만을 뜻하지 않는다.

그 가수를 좋아하고 그 가수의 삶을 이해하는 것이 덕질의 근본이기 때문이다.

그리고 노형진은 '덕'이었다. 그렇기에 가수의 삶을 누구보다 잘 알고 있었다.

"말도 안 됩니다. 그게 도리어 이론일 뿐입니다. 이동 중 수면을 취해 보신 분들은 알겠지만, 그사이에 취한 수면은 충분한 것이라고 할 수가 없습니다. 자세도 불편하고 안정되어 있지도 않기 때문에 깊은 잠을 잘 수는 없습니다. 수면의 질은 시간도 중요하지만 얼마나 깊은 잠을 잘 수 있느냐에 달려 있는 것입니다."

차에서 자면 아무래도 잠을 깊게 잘 수가 없다.

그러나 그것만이 문제가 아니었다.

"또한 연예인이라는 특성상 수면 중 자세를 고정하고 자야 합니다. 헤어와 메이크업이 망가지는 것을 대비해야 하기 때문입니다. 그리고 이들은 대부분 격한 댄스를 함께 합니다.

그러니 자고 일어나 바로 춤을 추는 것은 불가능합니다."

사람의 몸은 예열이라는 것이 필요하다. 자고 일어나 바로 활동할 수가 없는 것이다.

바로 그것이 이 이동 시간 중 수면의 약점이었다.

"공연을 마치고 와서 흥분을 가라앉히고 잠드는 데 걸리는 시간은 보통 30분 내외. 그리고 촬영 시작 최소 30분 전에는 일어나야 합니다."

"그래도 세 시간은 잘 수 있습니다만?"

"그래요? 그러면 그 스케줄 표 안에, 행사 직전 무대 준비를 하거나 리허설을 하거나 머리 손질을 하거나 화장을 하는 시간은 어디에 있지요?"

"그거야 미리 준비하고 다니니까……."

"차에서 자고 잔뜩 눌린 머리 그대로 행사를 뛴다고요? 그리고 행사가 다 다르고 성격도 다른데 하루 종일 같은 옷을 입고 노래를 하고 춤을 춘다고요? 갈아입지도 않고? 그럴 거면 메이크업이랑 헤어랑 코디는 왜 데리고 다닙니까? 그 말대로라면 아침에 다 하고 나가서 하루 종일 그대로일 텐데요?"

"그건……."

"그리고 이 스케줄을 보면 저녁 촬영은 토크쇼입니다. 춤추고 노래하는 게 아니라 머리를 써야 하는 촬영이었지요. 그런데 자고 일어나서 그걸 바로 준비한다고요? 그게 가능합니까?"

"……."

"일반적인 준비 시간을 보면, 세 시간 이동을 기준으로 잘수 있는 시간은 기껏해야 한 시간 정도입니다. 애초에 말이 안 되는 게, 세 시간 이동한다고 되어 있는 이 장소가 서울에서 안양입니다. 그 짧은 거리를 세 시간 동안 간다고요? 회사에서는 초보 운전만 매니저로 쓰는 모양이지요?"

상대방 변호사는 꿀 먹은 벙어리처럼 노형진을 바라보았다.

연예인들의 상황을 이렇게 잘 알고 있을 거라고는 생각도 못 했던 것이다.

"재판장님, 제가 방금 말씀드린 것과 같이 여기 사이사이에 표시된 시간은 순수한 이동 시간이 아니라 이동 후 준비가 포함된 시간입니다. 당연히 그사이에 충분한 잠을 자는 것은 불가능에 가깝습니다."

그나마 준비할 게 상대적으로 적은 남자라면 모를까 여자라면, 거기에 걸 그룹이라면 돌아가면서 준비해야 하기 때문에 시간은 더 빡빡하다.

"이 시간 동안 자는 것은 거의 불가능하고, 설사 잔다고 해도 한 시간 정도가 한계일 겁니다. 그렇지 않습니까?"

"머리를 하고 나서 자는 것도 가능하고……."

"방송에 출연한다고 머리 다 한 다음에 다시 잔다고요? 그게 가능합니까?"

노형진은 슬쩍 비웃었다.

잠이 들면 자연스럽게 인간은 기대려고 한다. 그렇다는 것은 머리가 눌린다는 뜻이니, 그 꼴로 방송이나 무대에 나갈 수는 없다.

"거기에다 여기에 보면 점심시간이나 저녁 시간은 아예 표시가 안 되어 있는데요, 그러면 밥은 언제 먹나요?"

"그건……."

차 안에서 움직이면서 먹거나 대기실에서 대충 때우거나 하는 것이 보통이다.

"식사 시간을 뺀다고 하면, 하루에 세 시간은 빼야겠네요?"

"……."

이런저런 조건으로 시간을 빼고 나자 차에서 잘 수 있는 시간은 기껏해야 두 시간 정도.

그것도 한 번에 자는 게 아니라 여기서 30분, 저기서 30분 정도 자는 수준이었다.

"아까 뭐라고요? 차에서 충분히 잘 수 있다고요?"

"……."

조금만 생각해 봐도 불가능한 일임을 알 수 있다. 그걸 다른 사람들이 모를 뿐.

"재판장님, 그게 가능한지 증인을 요청하겠습니다."

"증인?"

"네. 이런 상황은 결국 피해자가 가장 잘 아는 법이지요. 왈큐레의 멤버를 증인으로 신청하는 바입니다."

마한우의 얼굴이 사정없이 찡그러졌다.

⚖️

"언론에서 난리가 났네."

왈큐레 멤버들은 증인석으로 나와서 사실상 거의 자지 못한 채로 활동했다고 증언했다.

그거야 뭐 예상한 일이다. 일단 원고이니까.

그러나 중요한 건 그게 아니었다.

언론은 왈큐레의 목소리가 변했다면서 호들갑이었다.

지금까지 대중에게 공개되지 않던 그녀들의 목소리가 드러났는데, 가수의 청아하고 청초한 목소리가 아닌 쉿소리가 나는 탁한 목소리였기 때문이다.

"어떻게 한 거야? 단순히 의식적으로 목소리를 바꾼 건 아닌데."

"내가 그렇게 허술하게 일을 할까?"

만일 그렇게 하려고 했다면 이 재판을 시작하지도 않았을 것이다.

그렇게 허술하게 의식적으로 목소리를 바꾸게 하면 아차 하는 순간 제 목소리가 나갈 테고, 그렇게 되면 좋은 꼴은 못 본다.

"간단해. 성대를 잠깐 마비시킨 것뿐이야."

"그게 가능해?"

"어려운 건 아니야."

물론 그걸 해 주는 의사를 찾아내는 것은 쉬운 일이 아니었다.

하지만 돈을 받고 그런 걸 해 주는 의사가 분명 존재하기에 그녀들은 증언을 할 때 죄다 목소리가 나간 상태로 등장할 수 있었던 것이다.

"이제 마한우는 왈큐레를 완전히 포기하게 되겠지."

사람들은 왈큐레의 변한 목소리에 충격을 받았고, 분위기는 순식간에 침묵에서 동정으로 넘어갔다.

얼마나 들어갈지 모르는 정신적 치료비, 거기에 목소리가 다시 돌아올지도 불확실한 상황에서 이미지는 개판. 거기에 어떻게 해서든 돈을 받아 내려고 소송까지 했으니…….

"아마 저들의 행동 패턴은 뻔할걸."

⚖️

"계약 해지요?"

"그래. 그년들이랑 계약 해지해."

"하지만 사장님, 그래도 우리가 키운 애들입니다. 그리고 우리를 먹여 살려 준 애들이고요."

"그래서 뭐? 이제 의미가 있어, 어? 의미가 있느냐고."

다들 입을 꾹 다물었다.

의미가 없다.

노래를 못하는 가수가 무슨 가수란 말인가?

그나마 말이라도 제대로 한다면 토크나 예능으로라도 돌리겠는데 목이 완전히 나가 버려서 듣기 거북한 쉿소리만 나는 상황이니 그마저도 불가능했다.

"하지만 나아질 수도 있습니다."

"확실한 거야?"

"그건……."

나아질 수도 있다. 그건 희망일 뿐이다.

더군다나 나아진다고 한들 이미 이미지는 개판이라 활동 가능 여부도 불확실하다. 중국 진출은 사실상 물 건너갔고.

"계약 해지해 버려. 더 이상 그 애들한테 돈 들일 수 없어."

"그렇지만 그쪽에서 배상을 치료비와 정신적 위자료까지 청구하는 상황인데요?"

"그 새끼들도 우리랑 끝내고 싶어서 그런 거 아니냐고."

"그게 아닙니다. 계약은 유지하겠대요. 하지만 그 애들에게는 치료비가 없습니다. 사장님도 아시지 않습니까?"

그녀들이 벌어 온 돈은 마한우의 파산을 막기 위해 동원되었다. 그래서 정산받아야 하는 돈을 받지 못했기 때문에 치료비도 없는 것이다.

이런 정신적, 육체적 치료비는 적은 게 아니다. 못해도 한

달에 400만 원 이상 나갈 게 뻔하다.

그런데 멤버의 수만 해도 다섯 명이다. 그러면 고정적으로 2천 이상이다.

문제는 그들이 이제 벌어 올 수 있는 돈이 그 10분의 1도 안 된다는 것.

"시끄러워. 그년들도 이제 어디 못 가는 거 아니까 우리한테 엉겨 붙는 거야. 계약 해지하고 쫓아내."

"사장님!"

"어디 내가 혼자 잘 먹고 잘살자고 하는 짓이야? 그렇잖아, 노래도 못하는 가수를 어디다 써먹어? 더군다나 이미지도 개판인데."

"그건……."

"계약을 해지하든가, 아니면 네가 그년들 치료비 다 내놓든가."

안 그래도 부담되는 상황에서 마한우는 왈큐레를 가차 없이 버렸다.

"더 이상 이용해 먹을 수 없으면 버려야지. 의리? 이 바닥에 그런 게 어디에 있어?"

자신만 살 수 있다면 그는 남이 어떻게 되든 상관없었다.

"네……."

마한우가 마음을 결정한 것을 안 직원은 한숨을 쉴 뿐이었다.

얼마 후 마한우는 왈큐레를 대상으로 계약 해지 소송을 냈다. 계약을 해지함으로써 모든 책임에서 벗어나기 위해서였다.

노형진은 그걸 보고 씁쓸하게 웃었다.

"예상에서 한 치도 벗어나지 않는구먼."

"그러면 어쩌지? 이제 끝이야?"

"아니, 반소해야지."

"왜? 원래 계약을 해지하려고 했잖아?"

"전에도 말했다시피 아 다르고 어 다른 게 재판이야."

자신들이 계약을 해지하기 위해 함정을 파기는 했지만 옳다구나 하고 바로 계약을 해지해 줘 버리면 저들이 의심할 수도 있다.

그리고 나중에 자신들이 속은 걸 알고 다시 계약 해지 무효 소송을 낼 수도 있다.

"하지만 그걸 낸다고 해도, 이쪽에서 적극적으로 반소했다는 사실이 있으면 이야기가 달라지지."

'왈큐레는 정당한 권리를 요구했고 계약을 유지하기 위해 최선을 다했다. 하지만 그걸 소송까지 하면서 해지한 것은 바로 마한우다.'라는 사실을 정확하게 법적 기록으로 남기려는 것이다.

"그리고 그래야 너한테 힘이 실려. 무슨 뜻인지 알지?"

"안 그래도 요즘 동정표가 많이 늘었더라."

전에는 당장 때려죽이자는 분위기였지만 역사와 다르게 소송을 하면서 그녀들이 왜 그렇게 변해야 했는지 이해한 사람들이 조금씩 동정표를 주기 시작한 것이다.

"그러니까 너도 피부 관리도 좀 하고 그래, 이 새끼야."

"내가 꼭 방송에 나가야 하냐?"

"그러면 안 나가? 이게 얼마나 중요한 기회인지 몰라?"

"하아, 그렇기는 한데."

노형진은 왈큐레를 그대로 둘 생각이 없었다.

그녀들이 정신과 치료를 받으면서 그리고 상담 치료를 하면서 서로의 오해를 풀고 나아지는 모습은 인터넷 방송국을 통해 다큐로 나갈 예정이다.

그리고 그런 그녀들을 도와줄 것은 다름 아닌 소영민이다.

그렇게 한번 방송을 타고 나면 아마도 그가 원하는 활동을 하는 데 더 많은 도움이 들어오리라.

'그리고 우리나라의 문화가 조금이라도 바뀌겠지.'

한국은 정신적으로 문제가 있다는 것을 감춘다. 그래서 문제가 많다.

정신병원은 진짜 정신적으로 문제 있는 사람을 입원시키는 용도가 아니라 돈을 빼앗는 용도로 쓰이고, 진짜로 위험한 정신병자는 가족들이 쉬쉬하면서 그냥 감춘다.

오죽하면 의사가 정작 이곳에 와야 하는 정신병자들은 오지 않고, 정신병자들에게 상처받은 사람들만 온다고 할 정도였다.

"장기적으로 그렇게 나아지는 모습을 보여 주고 왕따 방지 운동을 열심히 해 봐."

"왕따 방지 운동이라……. 그게 도움이 될까? 이미지가 그쪽으로는 별로 안 좋잖아."

"아니, 도리어 좋을걸."

모르는 사람들이 대책을 세우고 떠들어 봐야 탁상공론만 될 뿐이다.

하지만 아는 사람들이 대책을 세우고 이야기하면 신빙성을 더해 주게 된다.

'물론 말로 안 되는 개자식들도 있지만.'

이번 경우는 이유가 있지만, 이유 없이 그러는 놈들도 분명히 존재한다.

그런 녀석들은 노형진이 법의 힘으로 처리하는 수밖에 없다.

"뭐, 그 전에 쓰레기부터 처리해야겠지만."

⚖

마한우는 승소했다는 우편을 받고 흡족한 미소를 지었다.

사실 노형진이 건 소송은 이기기 힘들었다.

애초에 고용계약이 아니라 투자 및 관리 계약을 맺은 것이기 때문이다.

"망할 년들, 이제는 돈도 못 벌어 오는 년들이."

마한우는 눈을 찌푸렸다.

더 이상 도움도 안 되는 년들이 자신을 괴롭힌다고 생각했기에 이가 빠진 것처럼 속이 시원했기 때문이다.

"그나저나 이제 돈을 어디서 구하지?"

매달 수천만 원의 돈을 내지 않으면 자신은 망할 수밖에 없다.

전이라면 그다지 문제가 되지 않았을 것이다. 왈큐레가 하루 공연만 해도 수천만 원이 나왔으니까.

하지만 당장 왈큐레가 활동을 할 수가 없는 상황이다. 음원 수익도 더 이상 나오지 않는 상황이고…….

"일단 다른 애들을 미친 듯이 돌려야 하나? 음…… 새로 회사 하나 파야겠구먼."

현재 기업의 이미지는 개판이다. 그런 만큼 자신들이 소속된 다른 가수들을 돌리려고 한다고 해도 이미지가 안 좋아서 사람들이 받아 주지 않을 가능성이 높다.

"그거야 어려운 게 아닌데."

그럴 때 흔하게 쓰는 방법이 소속사를 바꾸는 것이다.

물론 겉으로만 그럴 뿐 결국 같은 계열사인 경우가 많다.

하지만 이름이 다르니 사람들은 전혀 별개의 기업으로 아는 것이다.

실제로 회사가 싫다고 게거품을 물던 녀석들도 적당히 유령 기업 하나 만들어서 가수를 내보내면 더 이상 말하지 않는 경우가 많다.

"지금이야 좀 시끄럽지만……."

　시간이 지나면 다들 이번 사건을 잊을 것이다. 그리고 그때는 자회사를 통해 가수들을 돌리면 그만이다.

"일단은 자회사부터 만들어 놔야겠군. 당장 시작하는 건 무리이니 한 일주일쯤 있다가 시작하면……."

　그가 계획을 이리저리 짜고 있을 때, 문이 열리면서 이사가 새파랗게 질린 얼굴로 안으로 들어왔다.

"뭐야?"

"사장님, 큰일 났습니다."

"뭔 소장? 또 왈큐레야? 미친년들, 그래도 안 받아 준다니까."

　그는 눈을 찌푸렸다. 아마도 항소한 거라고 생각했던 것이다.

"아닙니다! 정산받지 못한 돈을 돌려 달라고……."

"뭐?"

"네, 정산받지 못한 돈을 돌려 달라고 합니다."

"이런 개 같은! 그건 좀 더 기다리면 주겠다고 했잖아!"

"그게…… 계약이 해지된 이상 더 이상 기다려 줄 이유가 없다며……."

　마한우의 얼굴이 딱딱하게 굳었다.

"이런 개 같은……."

그는 이를 빠드득 갈았다.

하지만 그의 지옥은 지금부터였다.

⚖️

"예쁘다."

마한우가 천하의 개놈이라고 해도 능력은 있는 사람이었다. 그 때문에 그가 키우던 걸 그룹은 외모도 뛰어났고 노래도 잘 불렀다.

그렇기에 노형진은 솔직히 감탄했다.

"하지만 예쁜 건 예쁜 거고."

노형진은 씩 웃으면서 손가락을 까딱거렸다.

"내리세요."

"아니, 왜요?"

"당연히 압류하기 위해서지요."

노형진은 히죽거리면서 웃었다.

마한우를 말려 죽이려면 어떻게 해야 할까?

그의 돈을 압류할까? 이미 엄청나게 빼돌려 났을 텐데?

회사의 기자재? 그건 그다지 돈이 되는 물건들이 아니다.

건물? 어차피 남의 건물에 월세로 들어가 있다.

물론 압류하지 못할 건 없지만 계약이 끝날 때까지는 자신들도 어찌할 수가 없는 돈이다.

그렇다면?

'활동하지 못하게 만들면 되는 거지.'

그가 데리고 있는 다른 가수들.

그들이 활동하지 못하면 마한우의 처지는 아주 개판이 될 것이다.

그렇다면 어떻게 행동해야 할까?

답은 이미 나와 있었다.

하루에 수차례에 걸친 스케줄을 소화하는 연예인들의 특성상 차량은 필수였다.

여러 가지 짐부터 사람들까지 많이 타야 하기 때문에 보통은 한국산 SUV를 많이 사용하지만, 잘나가는 연예인들은 스타크래프트밴을 이용하기도 한다.

당연히 이것도 회사 돈으로 구매한 회사 물건이니⋯⋯.

"우리 거죠. 압류하겠습니다."

"장난합니까? 지금 바로 움직여야 하는데요? 안 그러면 펑크 난단 말입니다!"

지금부터 서울로 올라가서 촬영만 두 개를 해야 한다. 그것도 두 개 다 공중파 프로그램이다.

"내 알 바 아니죠."

어깨를 으쓱하는 노형진.

"내리세요."

"이런 미친⋯⋯."

"안 그러면 대집행으로 끌어내립니다. 저기 기자들 보이시죠? 기자들이 아주 좋아하겠네요."

만일 그렇게 된다면 오늘 표지는 확정적인 것이기 때문에 매니저는 똥 씹는 표정을 하고 있었다.

하지만 방법이 없었다.

"지금 가서 버스라도 잡으면, 운 좋으면 하나 정도는 방송을 할 수 있을지도 모르는데요."

"큭."

매니저는 어쩔 수 없이 가수들과 스태프들을 데리고 내렸다.

"아, 혹시 몰라서 그러는데, 통장도 압류당했습니다. 카드 안 됩니다."

"싯팔."

그들이 우르르 버스를 타러 가는 모습을 기자들은 재미있다는 듯 바라보았고, 압류관은 어이가 없다는 듯 노형진을 바라보았다.

"아니, 꼭 이렇게까지 해야겠습니까?"

"해야지요. 저희는 대집행할 뿐입니다."

어깨를 으쓱한 노형진은 어디론가 전화했고, 잠시 후 견인차가 와서 그들이 타고 있던 차량을 끌고 가 버렸다.

그걸 확인한 노형진은 자신들의 차로 돌아갔다. 그리고 미소 지었다.

"의심은 안 하는 것 같지?"

"저 매니저, 매니저가 아니라 연기자로 나서야 하는 거 아냐?"

"서당 개 3년이면 풍월을 읊는다고 하잖냐."

노형진은 차에서 기다리고 있던 소영민을 보면서 씩 웃었다.

"아마 내부에 배신자가 있다는 생각은 못 할 거야."

애초에 움직이는 차량을 기다리고 있다가 딱 지방에서 압류한다는 것은 불가능하다. 그들의 스케줄을 알기 전에는 말이다.

그 스케줄을 알려 준 것이 바로 매니저였다.

"그나저나 시간 내에 제대로 도착할 수 있을까?"

"아니."

그건 불가능하다.

일요일 저녁에 서울로 올라가는 버스에 여유가 있을 리 없다.

설사 있다고 한다고 한들 지금 고속도로는 한창 정체 상태. 전용 차로가 있다고 하지만 모든 도로에 있지는 않다.

거기에다 방송국은 버스를 타고 가서도 서울 한복판을 한참 관통해야 한다. 그리고 서울의 야간 정체는 사람을 미치게 하는 지경이다.

"그러면 기차가 나을 텐데?"

"버스도 표가 없는데 기차가 있겠냐?"

노형진은 씩 웃으며 말했다.

"그리고 말이야, 애초에 저 사람이 내부 고발자라고. 그런데 기차를 탈까? 내가 왜 버스를 언급했는데. 일종의 언어적 함정이야. 저들은 어떤 식으로든 버스를 타려고 할 거야. 하지만 표가 없겠지."

"아……."

그냥 가라고 했다면 아마도 뭐든 타고 가려고 했을 것이다.

최악의 경우 택시를 잡아타고 갔을 테고, 그건 돈은 많이 들지만 서울에서의 방송에 참여할 수는 있을 것이다.

"하지만 내가 버스를 언급한 이상 저들은 어떻게 해서든 버스를 타야 한다는 일종의 함정에 빠진 셈이지. 그렇지 않다고 해도 매니저가 우리 편이야. 내 말뜻을 못 알아들었을까?"

"독한 놈."

소영민은 자신도 모르게 혀를 내둘렀다.

그런 것까지 감안해 가면서 함정을 파다니.

"그리고 못 알아들었다고 해도 상관없지."

노형진은 씩 웃었다. 그리고 어디론가 전화했다.

"접니다. 어떻게 되었나요?"

─전부 예매했습니다. 앞으로 세 시간 동안은 서울로 가는 표가 없을 겁니다.

"빈자리가 많던가요?"

─아니요. 시간이 시간이라 열다섯 개밖에 없더군요.

"잘하셨습니다. 뭐, 구입한 표는 필요한 분들에게 공짜로 나눠 주세요."

노형진은 웃으면서 전화를 끊었다.

"설마 미리 표를 다 예매하라고 한 거야?"

"이 시간에는 남아 있는 표가 거의 없을 테니까."

노형진이 함정을 팠다고 하더라도 상대방이 걸리라는 법은 없다.

매니저가 못 알아들을 수도 있고, 다른 직원이 버스보다는 기차가 더 나을 거라고 할 수도 있다.

어느 쪽이든 이제는 표가 없다.

"앞으로 세 시간 동안은 표를 못 구해."

결국 그들은 어쩔 수 없이 방송을 펑크 낼 수밖에 없는 상황이 된 것이다.

"자, 이걸 마한우가 어떻게 버틸지 두고 보자고."

⚖

"마 사장, 당분간 자네 애들 출연 금지야."

"부장님…… 그게 무슨……?"

술을 따르던 마한우의 손이 부들부들 떨렸다.

하지만 부장의 말이 바뀔 것 같지는 않았다.

"부장님, 이번 건 우연입니다. 우연……."

"우연?"

부장은 코웃음을 쳤다.

상대방이 누군지 알고나 이러는 건가?

"……."

"자네도 노형진 변호사가 이 바닥에서 얼마나 파워가 강한지 알지?"

힘을 쓰지 않고 조용히 있어서 잘 드러나지 않을 뿐이지, 노형진의 파워는 어마어마하다.

그가 움직이면 팬클럽들이 움직이고 팬클럽이 움직이면 언론이 움직인다.

그리고 그 뒤에는 대룡엔터테인먼트와 대룡 본사 그 자체가 있다.

"우리가 바보도 아니고 말이야. 자네가 이번 표적이야. 우리가 모를 것 같나?"

"부장님, 우연입니다. 진짜 우연입니다."

"우연이라……. 마치 마법처럼 자네 회사 멤버들이 일주일 내내 펑크를 낸 것처럼 말이지?"

노형진의 공격은 집요했다.

지방에 내려가면 뜬금없는 방법으로 그곳에 묶어 놨다.

처음에는 차량이 압류당했다. 그 후에는 표가 떨어졌다.

어쩔 수 없이 렌터카를 빌리고 나자 그 후에는 무대의상을 압류당했다.

각 그룹에는 특유의 무대의상이 필요한데 그게 없으니 청바지에 티셔츠 입고 방송에 서는 당혹스러운 처지가 된 것이다.

그리고 얼마 전에는 계좌를 압류당해서 카드 사용도 막혔다.

자신들을 말려 죽이려고 조금씩 조이고 들어오는 것이 눈에 보였다.

문제는 그걸 막으려고 해도 막을 방법이 없다는 것이다.

누군가 내부에서 정보를 빼내 주고 있는데, 그게 누군지 알 수가 없는 데다 철저하게 합법적인 범위 내에서만 움직이기 때문이다.

"거기에다 기자들이 좋게 안 보는 거 알지?"

"크윽…….'"

중국으로 갈 생각으로 기자들에게 소 새끼, 개새끼라고 한 것이 큰 실수였다.

언플의 귀재라 불리며 언플로 아이들을 키우는 그에게 있어서 기자들과의 인맥 상실은 돌이킬 수 없는 실수였다.

'내가 왜…….'

자신이 생각해도 왜 자신이 그런 실수를 했는지 이해가 가지 않았다.

소위 말하는 마가 낀 것일까?

"보아하니 자네 회사 애들이 들어오면 어떻게 해서든 노 변호사가 방해할 텐데, 우리가 그거 뻔하게 알면서 자네 애들 써 줄 수는 없지 않나."

"아닙니다. 절대로 펑크 안 낼 수 있습니다. 서울 근교에서만 돌면 됩니다."

"지난번에는 강원도라도 갔다 온 건가? 그건 아니잖아?"

"……."

성남에 행사하러 갔는데 거기에서 펑크가 났다.

성남이면 방송국 바로 옆이나 마찬가지인 셈인데 말이다.

차를 움직이려고 보니 앞에 불법 주차한 차량 때문이었다.

물론 그건 우연이었지만, 그들로서는 노형진이 했다고밖에 생각할 수가 없었다.

"자네가 뭐라고 하든 자네에게는 이제 미래가 없다고 봐도 무방해."

고개를 흔드는 부장.

"물론 자네가 어떻게 화해라도 한다면 모를까."

"그건……."

마한우는 정신이 아찔할 지경이었다.

그런 그에게 마지막이 다가오고 있었다.

⚖

"뭐야? 이 새끼들, 미친 거 아냐!"

분명히 자신들이 이겼다.

상대방이 정신적 치료비와 육체적 치료비를 요구했지만 재판에서 이겼다.

그런데 그 소송이 다시 들어왔다.

이건 말도 안 된다면서 변호사를 찾아갔을 때, 변호사는 아차 하는 표정으로 소장을 살폈다.

"역시."

"역시? 그게 무슨 소리야? 역시라니?"

"상대방에게 공격받은 것에 비해서 너무 쉽게 이겼다 싶었거든요."

"뭐?"

"우리가 당한 겁니다."

"당한 거라니! 무슨 소리야! 좀 자세하게 이야기해 봐!"

"그때 노형진 변호사가 요구한 것은 왈큐레에 대한 정신적 치료비와 배상이거든요."

하지만 왈큐레와 소속사는 직원과 고용주의 관계가 아니다.

엄밀하게 말하면 일종의 지원 계약, 그러니까 매니지먼트 계약에 의한 관계다.

"당연히 직원을 기준으로 배상을 요구했으니 재판에서 진 거죠."

"그래서 뭐가 바뀌는 건데?"

"하지만 이건 제대로 매니지먼트 미숙으로 인한 치료비 요구와 손해배상입니다."

"뭐?"

"이건 적용되는 법 조항이 달라요. 아마 지난번에는 노형진 변호사가 질 생각으로 그런 식으로 넣은 것 같습니다."

마한우는 이해가 가지 않았다.

재판을 할 때는 이기려고 덤비는 것이지 지려고 덤비지는 않기 때문이다.

하지만 변호사는 좀 달랐다.

연예계에서 수차례 변호사 노릇을 하면서 상대방이 뭘 노리는지 나중에라도 알 수 있을 정도는 되었던 것.

"왜? 왜 지려고 했다는 거야?"

"우리를 왈큐레와 찢어 놓으려고 한 것 같습니다."

"뭐?"

"우리가 그 후에 분노로 계약 해지 소송을 하지 않았습니까?"

마한우는 뒤통수를 후려맞은 듯한 느낌이 들었다.

실제로 소송했고, 진짜로 해지하는 데 성공했다.

"왈큐레는 이제 자유입니다."

"미친……. 그러면……."

"그리고 이미지가 전보다 훨씬 나아졌죠. 전성기보다는 아니지만."

전에는 왕따를 주도한 나쁜 이미지만 있었지만, 이제는 소속사에 이용당하고 죄를 뒤집어쓰고 마지막에는 버려져서 자살까지 시도한 이미지가 생겨 버렸다.

이런 상황에서는 누구도 왈큐레를 욕하기가 쉽지 않다.

"만일 다른 곳으로 가려고 한다면 재기가 훨씬 쉬워질 겁니다."

"크윽."

전혀 예상하지 못했던 일이다.

재기라니? 지금 상황에서 그게 가능하단 말인가?

"그년들은 목이 나갔잖아! 더 이상 노래도 못 부른다고!"

"하지만 그게 순간적이라면요? 나아질 수 있는 거라면요?"

"그건…….."

의사는 그럴 가능성이 낮다고 했다. 하지만 방법이 없는
게 아닐 수도 있다.

그렇다면…….

"어쩌면 방법을 찾았을 수도 있습니다. 그러면 재기할 수
도 있겠지요. 이미지도 전보다 더 좋아졌다고 하고. 그리고
들어 보니 그 재활과 정신 치료 장면을 촬영해서 인터넷 방송
으로 내보낸다고 하더군요. 아마 그러면 왕따를 시켰던 것에
대한 사과의 모습과 다시 화합하는 모습이 보일 테니……."

"이런 개새끼!"

그제야 마한우는 자신이 당했다는 사실을 알았다.

그랬다면, 왈큐레가 재기할 수가 있었다면 자신이 그들을
버릴 이유가 없었다.

돈이 되는데 왜 버리겠는가?

"이건 속인 거야! 속인 거라고! 당장 계약 취소 무효 소송
을 걸어!"

"사장님."

변호사는 그런 그를 보면서 안타깝게 말했다.

"애초에 계약 해지 소송을 건 것은 우리입니다. 그리고 그 당시 노형진 변호사는 분명히 법원에서 재기할 가능성이 존재함에도 불구하고 계약을 해지하는 것은 부당하다고 주장했고요."

"그러면……."

"해 봐야 의미가 없습니다."

마한우는 털썩 주저앉았다.

제대로 당했다는 걸 이제야 알았지만 돌이킬 수 없다는 사실이 그를 붕괴시켰던 것이다.

"그, 그러면…… 어떻게 되는 건가? 어?"

"그건……."

변호사가 말하려고 하는 찰나, 문이 벌컥 열렸다. 그리고 마한우의 비서가 창백한 얼굴로 튀어 들어왔다.

"사…… 사장님! 큰일 났습니다"

"큰일? 무슨 큰일?"

"회사로 우편물이 왔는데……."

"그게 무슨 큰일이야!"

우편물이 온 게 무슨 큰일이란 말인가. 매일같이 수백 통의 우편물이 오는 곳이 회사인데.

"그냥 팬레터가 아닙니다! 채권을 매각하겠다는 통지서랍니다!"

"뭐라고! 채권을 매각해?"

"네! 사장님의 채권을 가진 사람들이 채권을 전액 양도하겠다고…….."

"누가! 누가 산다는 거야!"

그 금액이 한두 푼도 아니고 수십억이다. 그런데 그걸 모조리 구입한다고?

말도 안 된다. 그런 재력을 가진 사람이…….

"노형진이랍니다!"

"뭐!"

"노형진이 그걸 다 샀답니다. 그걸 가지고 사장님이 가진 회사 주식에 압류를 걸겠다고…….."

마한우는 그대로 무너졌다.

⚖

"이게 웬 페라리야?"

얼마 후 소영민은 노형진이 타고 온 페라리를 보면서 어이가 없다는 표정이 되었다.

"중국으로 왈큐레를 파는 조건으로 한 대 받았지."

"페라리를?"

"응."

"미친."

"왈큐레 애들도 한 대씩 받았어."

"제대로 미친 놈인가 보네."

노형진은 그저 씩 웃을 뿐이었다.

원래 역사에서도 이걸 한 대씩 받았으니까.

'물론 이번에는 마한우 대신에 내가 받은 거지만, 후후후.'

주식을 압류하기 시작하자 마한우는 걷잡을 수 없이 무너졌다.

안 그래도 자신 때문에 회사가 공격당한다는 소문이 퍼져 주식값이 똥값이라, 제대로 값어치도 받지 못하고 주식과 집 그리고 재산 전부를 빼앗겼다.

그가 인맥이 멀쩡하다면 재기라도 하겠지만, 기자들도 그를 버렸고 내부에서도 그를 버린 덕분에 그에게는 재기할 방법이 없었다.

"너, 이번에 돈 좀 벌었겠다. 부럽다."

노형진을 바라보면서 입맛을 다시는 소영민.

노형진은 그런 그를 보면서 그저 피식 웃었다.

물론 많이 벌기는 했다.

마한우를 쫓아내자마자 중국과 왈큐레 진출 계약을 하는 데 성공했고, 페라리를 한 대씩 사 줄 정도로 큰 재벌을 등에 업었다.

그리고 왈큐레는 회사와 재계약을 했고, 헐값에 빼앗았던 주식은 순식간에 몇 배나 뛰었다.

"너도 제법 도움 많이 받았다면서?"

"그거야 그렇지."

왈큐레는 공식적으로 치료 기간이다. 스위스에 있는 한 병원에서 성대 치료 중이다.

그러나 비공식적으로는 치료가 아닌 여행이다.

그동안 쉬지 못한 것에 대한 보상.

"넌 팬클럽들이 많이 지원해 준다면서?"

"그래."

의외로 파고들어 가기 시작하자 이런저런 문제로 정신적인 고통을 호소하는 연예인들이 많았던 것이다.

그리고 팬클럽은 그 부분을 걱정해서, 쓸데없는 조공보다는 그런 부분을 지원해 주기를 요구하기 시작했고.

'이제 자살이니 뭐니 하는 문제도 많이 줄어들겠지.'

그러한 정신적 불안감 때문에 자살, 음주운전, 도박을 하던 연예인들이 많이 줄어든다면 좋은 일이다.

물론 가장 쓸데없는 것이 성공한 연예인 걱정이라고 하지만, 그들은 현시대의 롤 모델이다.

그들이 상담이나 정신적 치료를 통해 건강한 모습을 보인다면 국민들 역시 그러한 정신적 치료를 부정적으로 보지 않게 될 테고, 자연스럽게 국민들 역시 치료받게 될 것이다.

노형진이 바라는 것이 그것이었고.

"그러면 이제 남은 건 하나뿐이네."

"뭔데?"

"이걸 어쩌지?"

빨간색의 페라리를 보면서 노형진은 입맛을 다셨다.

똑똑하다고 바른 건 아니다

　"한국대에 간다고?"

　"그래. 오늘은 일찍 끝나는데 동생 맛있는 것이라도 사 줘야지."

　노형진은 옷을 챙기면서 미소를 지었다.

　친동생은 아니다.

　서세영. 노형진이 도와주면서, 집안에서 동생처럼 취급받고 있는 아이였다.

　작년 그녀는 다른 대학교에 갔다가 학교 내 폐단으로 그만두고 재수해서 한국대에 입학했다.

　같은 서울에 살기는 하지만 서로 바빠서 보기 힘든 것이 사실.

그래서 가끔 이렇게 시간이 날 때면 노형진이 가서 밥을
사 주거나 하는 경우가 종종 있었다.

"그럼 나 먼저 간다."

"그래. 난 이거 좀. 하아……."

야근거리를 보면서 한숨을 쉬는 손채림을 보면서 피식 웃
은 노형진은 자신의 차를 타고 한국대학교로 향했다.

'그러고 보니 옛날 생각 나네.'

회귀 전에 노형진이 다녔던 곳이 바로 한국대다.

이제는 없는 인연이 되었다지만, 그래도 회귀 전의 기억에
왠지 즐거움이 생겨났다.

"여전하네, 여기는."

시대가 바뀌었어도, 자신이 많은 것을 고쳤어도, 공부하는
이곳은 외부 세계와는 상관없이 여전히 학생들이 다니고 여
전히 치열한 삶을 살아가고 있었다.

"응? 웬일로 학교에 사람들이 모여 있지?"

노형진은 고개를 갸웃했다.

운동장에는 많은 사람들이 모여 있었다.

노형진은 그중에서 아는 사람을 발견할 수 있었다.

"세영이 아니야? 그런데 왜?"

모여 있는 모습에서 왠지 불안감을 느낀 노형진.

혹시나 전에 있던 학교에서와 같은 일이 벌어지고 있는 것
이 아닌가 하는 생각에 그는 조용히 그들에게 향했다.

하지만 다행히도 그런 일은 아니었다.

"그러면 그렇게 하기로 하고, 얼마 후에 있을 대항전에서 팀은 이렇게 짜기로 한다."

앞에서 말하는 남학생과 줄을 서서 이야기를 듣는 학생들.

보아하니 조만간 치를 대항전의 팀을 구성하는 모양이었다.

'그런데 왜?'

별거 아니라고 생각해서 물러나려고 하던 노형진은 문득 이상하다는 생각이 들었다.

한쪽 줄은 유독 길고 다른 쪽 줄은 유독 짧다.

정확하게는, 한쪽은 삼 열로 서 있는데 한쪽은 일렬로 서 있다.

그런데 그 일렬로 서 있는 곳에 서세영이 속해 있었다.

"더 이상 할 말 없지? 그럼 궁금한 거 있으면 과사에 물어보고, 이만 해산."

딱히 이상할 것 없이 흩어지는 사람들.

노형진은 그런 사람들을 헤치면서 서세영에게 다가갔다.

"세영아."

"아, 오빠?"

노형진은 그녀에게 다가가면서 주변을 슬쩍 살폈다. 혹시나 부당한 일이 벌어질까 걱정되어서였다.

하지만 주변의 반응을 봐서는 그런 일은 없어 보였다.

"어쩐 일로 여기에 나와 있어?"

"얼마 후에 타 과랑 대항전을 하거든. 그래서 그거 때문에 팀 구성하느라고 그런 거지, 뭐."

"그래?"

다행히 별일이 아닌 듯해서 노형진은 고개를 끄덕거렸다.

"그런데 어쩐 일이야?"

"어쩐 일은, 오늘 맛있는 거 사 주기로 했잖아."

"아, 맞다."

"뭐 먹을래?"

"음…… 역시 고기?"

"하긴, 고기야말로 진리지. 그나저나 같이 가고 싶은 친구 있어?"

여동생이 없는 노형진은 왠지 오빠 기분을 한번 내고 싶어서 그녀 말고 같이 갈 사람이 있는지 물었다.

"몇 명?"

"그래? 같이 가지?"

"후회할 텐데?"

"하하하, 설마 그럴 리가."

노형진은 웃으면서 말했다. 그리고 후회했다.

⚖️

'벌써 얼마 치냐?'

친구들을 불러다가 고기를 먹기로 했다. 그것도 한우로.

그런데 벌써 20인분이 넘게 먹고 있다.

"아주 뽕을 뽑는구나."

"이럴 때 아니면 언제 먹어 보겠어?"

"하긴."

그녀의 친구들은 시골에서 올라온 사람들이 대부분이었다.

그래서 자취를 하거나 하숙을 하거나 고시원에서 사는 처지이다 보니 고기를 먹는 게 쉽지 않았던 것이다.

"너희 오빠 진짜 괜찮아? 먹으라고 해서 먹기는 하는데."

심지어 먹는 처지에 미안해서 계속 눈치를 보는 학생들.

"괜찮아. 오빠가 사 주는 거잖아."

"맞아요. 이럴 때 아니면 언제 오빠 노릇 해 보겠습니까? 마음 놓고 드세요."

"그래도 죄송해서……."

"그럴 필요 없습니다. 이럴 때 쓰라고 버는 돈인데요. 이모님! 여기 꽃등심 4인분만 더 주세요."

"헐."

나서서 추가로 시키자 더 미안해하는 서세영의 친구들.

"너희 오빠 돈 잘 버나 보다."

"뭐, 잘 법니다."

잘 버는 정도겠는가?

지금 쓰는 돈은 분 단위가 아니라 초 단위로 세는 것이 더

빠를 만큼 번다.

"부럽네요."

"하하하하."

"그런데 여기에 되게 익숙하시네요. 이런 곳이 있는 줄도 몰랐는데."

"네, 좀 익숙합니다."

물론 이 집이 익숙한 것은 회귀 전에 많이 왔기 때문이다.

물론 그때는 주문하는 고기가 한우가 아닌 삼겹살이나 목 살이었지만.

'한 가지 확실한 건, 이곳만큼 고기를 믿을 만한 곳도 없다 는 거지.'

여기 주인은 고기를 보는 눈이 칼 같아서, 절대로 고기를 실패하는 경우가 없다. 다른 곳이 그저 납품되는 고기를 받 아 오는 반면 이곳은 주인장이 직접 가서 고기를 골라 오니 까.

"한국대 나오셨나 봐요."

"아니, 그건 아니고요."

당연히 이번 생이 아니라 회귀 전에 왔던 것이다.

"아니, 말씀 낮추세요. 동생 친구인데."

"그럴까? 하하하."

노형진은 왠지 기분이 묘했다.

한 번도 없었던 여동생의 친구라는 존재가 어색했던 것이다.

"진짜 한국대생 출신이 아니에요?"

"그리고 보니 오빠, 어디 나왔지?"

서세영이 노형진을 만난 것은 그가 변호사가 된 이후다. 그러니 잘 모를 수밖에 없다.

"넌 오빠 학교도 몰라?"

"아, 그냥 좀 나중에 만나서요."

"아아…….'"

다들 별말 안 했다. 뭐, 재혼 같은 걸로 생각한 것이다.

물론 노형진은 자세하게 말할 생각은 없었고.

"나 검정고시 출신."

"고등학교요?"

"둘 다."

"둘 다? 잠깐, 둘 다라고 하면?"

"중학교, 고등학교 둘 다 검정고시 출신이야. 학교가 마음에 안 들어서 뒤집어 버리고 검정고시를 봐 버렸지."

"헐."

대단하다는 듯 바라보는 서세영의 친구들.

"그런데 이렇게 성공하셨어요?"

"성공하는 건 학벌 문제가 아니죠. 그저 기회가 있느냐 없느냐의 차이일 뿐. 의외로 학벌이 차지하는 비중은 높지 않습니다."

"그래요?"

"물론 아예 없다면 거짓말이겠지요. 하지만 한국대 나와도 결국 직장인으로 끝나는 사람이 대다수예요."

다들 수긍한다는 듯 고개를 끄덕거렸다.

그러던 중에 한 명이 짜증스럽게 말했다.

"아깝다. 다른 녀석들이 여기에 있으면 찍소리도 못 했을 텐데."

"다른 녀석들?"

"쉿! 분위기 좋은데 왜 그런 소리를 해?"

"난 그냥 억울해서."

"그래도 그렇지."

약간 당황하는 그들의 모습을 보고 노형진은 고개를 갸웃하면서 서세영을 바라보았다.

"무슨 일 있어?"

"큰일은 아니고……."

"큰일이 아니라고 해도 말하라고 했잖아. 전에 있던 학교에서도 그러다가 문제 생긴 거야."

"하아……."

서세영은 약간 곤란한 얼굴이 되었다.

그걸 보니 아무래도 진짜 무슨 일이 있기는 한 모양이다.

"진짜 별일은 아닌데."

"말해 보라니까."

"그게, 사실은 학교에서 패거리가 좀 나뉘어 있거든."

"패거리?"

"그 애들은 패거리라는 말보다는 수준이라는 말을 더 쓰더라."

옆에 있던 남학생이 이죽거리면서 말했고, 노형진은 살짝 눈을 찌푸렸다.

수준. 그건 노형진이 가장 싫어하는 말이다.

어떠한 격을 나누는 말인데, 사실 노형진의 경험상 그 수준이라는 것이 사람 사이에 끼면 좋은 꼴은 못 보기 때문이다.

"도대체 무슨 일인데?"

"출신 고등학교를 가지고 패거리를 나눠요."

"동문끼리 뭉친다는 거야?"

"그건 아니고."

"그럼?"

"그게⋯⋯."

약간 고민하던 서세영은 결국 입을 열었다.

노형진의 말대로 자신들이 보기에는 별거 아닐지 몰라도 외부에서는 심각한 문제일 수 있기 때문이다.

"과학고랑 외고랑 그리고 일반고로 나눠."

"뭐랑 뭐?"

"과학고, 외고 그리고 일반고."

"어이가 없구먼."

노형진은 기가 차다는 표정으로 말했다.

"그리고 우리는 다 일반고 출신이고."

그러고 보니 여기 있는 사람들은 다 아까 서세영과 함께 있던 사람들이다. 그렇다면…….

"그럼 아까 줄 세운 게?"

"맞아."

"장난해?"

하물며 자기들끼리 그렇게 패거리를 나눠도 심각한 문제다. 그런데 공식적인 자리에서도 그렇게 세력을 나누다니?

"아니, 왜?"

"그게…….'

아무래도 영 어려워하는 서세영 대신에 노형진은 아까부터 투덜거리던 남학생을 바라보았다.

가끔 있는 이런 아이들, 누군가는 반골이라고 하지만 누군가에게는 문제의식을 가지고 있는 것으로 보이는 아이들.

그런 아이들이 이런 것에 대해 거리낌 없이 말하기 때문이다.

"네가 한번 말해 볼래?"

"간단해요. 각자 종목을 정하려고요."

"각자 종목?"

"네. 조금 있으면 단과대 대항전이 있으니까."

그리고 각자 종목을 정해 줬는데, 과학고는 줄다리기 같은 것을, 외고는 달리기 같은 것을 시키고, 일반고는 축구나 야구 같은 것을 시킨단다.

"왜?"

"지들만 편한 거 하려는 거죠."

"뭐?"

"우리가 같은 학교에 다닌다고 같은 급수가 아니다, 우리가 더 머리가 좋으니 그 시간에 공부해서 사회에 기여하는 것이 더 올바른 일이다, 블라블라……."

누군가를 따라 하는 듯한 그의 행동에 노형진은 왠지 입안이 까슬거렸다.

'이런 미친 새끼들을 봤나?'

사실 자신도 한국대를 나왔지만 그중에서 진짜 성공이라고 할 만한 것을 손에 쥘 수 있는 사람은 얼마나 될까?

가령 노형진이 회귀 전에 다녔고 이번에 서세영이 들어간 법대를 기준으로 따지면, 확실히 한국대 법대 졸업자가 사법고시에 합격하는 비율이 높다.

그러나 그마저도 20퍼센트 이내다.

그리고 그중 대부분은 소위 월급 변호사라고 하는 변호사를 하게 되거나 개인 변호사 사무실을 열어서 활동하게 되는데, 그중에서도 변호사로서 이름을 날리는 비율은 아무리 높아 봐야 10퍼센트 이하다.

나머지는 그저 그런 인생을 보내거나 어떤 경우에는 제대로 변호사 사무실 임대료도 내지 못하고 산다.

"나 때는 그런 게 없었는데?"

"네?"

"아니…… 아니야……."

노형진은 눈을 찡그리면서 말했다.

그가 학교 다닐 때, 그러니까 회귀 전에는 그런 게 없었다. 그런데 갑자기 그런 게 생기다니.

'또 꼴에 전통이라고 깝치겠지.'

하지만 그 전통이라는 것도 채 5년도 되지 않았을 가능성이 높다.

"뭐라고 안 해 봤어?"

"어쩔 수 없어. 어찌 되었건 과학고와 외고 비중이 높은걸."

전체 100퍼센트 중에서 과학고와 외고 출신 비중이 75~80퍼센트 사이다.

그러니 일반고는 아무래도 무시받을 수밖에 없는 구조였다.

"비중의 문제가 아니지."

노형진이 학교에 급을 매기는 것을 안 좋아하기는 하지만 한국대학교는 한국 내에서 최고의 명문으로 통하며 여러 인맥으로 연결되어 있다.

그뿐만 아니라 그들 중 상당수는 분명히 성공한 삶을 살아간다.

즉, 어찌 되었건 대한민국을 이끌어 가는 미래라는 것이다.

'그런 놈들이 선민의식에 찌들어 가지고 벌써부터 줄 세우기를 해?'

한국은 자유민주주의 국가이며 어떠한 형태의 신분제도 인정하지 않는다.

그런데 핏줄도 아니고 학교를 기준으로 신분을 나누다니.

'이건 뭐, 아파트 거지라는 소리도 들어 봤지만…….'

같은 학교에 다니는데 싼 아파트에 사는 아이들은 거지라고 사람 취급도 하지 말고 놀지도 말라는 부모들의 잘못된 소리도 들어 봤지만, 이런 경우는 또 첨이다.

그건 부모가 미쳐서 그렇다고 쳐도, 이제는 성인이 된 녀석들이 정신 못 차리고 그런다니.

"오빠 또 학교 뒤집으려고 그러지?"

"응?"

"표정을 보니 불안한데?"

"그거야……."

"이번에는 무시하고 넘어가자. 한국대보다 높은 곳은 한국에 없잖아."

"끄응. 그래도 너, 낮춰서 간다는 소리는 안 한다?"

"호호호."

서세영은 웃음으로 넘겼다.

노형진은 그걸 보고 한숨을 내쉬었다.

"그래, 네가 그렇게 말하면 어쩔 수 없지."

노형진은 씁쓸하게 말했다.

어차피 그런 녀석들은 사회에 나가 봐야 좋은 꼴은 못 본다.

그들이 선민의식을 가지고 있어서 사회에서 그들을 용서하지 않는 걸까?

아니다.

일단 사회에 나간 후 그들이 싸워야 하는 대상은 자신들보다 더 엄청난 선민의식을 가진 사람들이기 때문이다.

문제는 선민의식을 가진 작자들은 남에게 고개를 숙이는 것을 무척이나 어려워한다는 것이다.

아니, 고개를 숙이면 죽는 줄 안다.

그래서 선민의식을 가진 놈들은 그에 뒷받침되는 실력이 없으면 대부분 그대로 다른 사람들에게 밟혀 버린다.

'그런 꼴은 여러 번 봤지.'

자기네 집안이 그런 것쯤 가뿐하게 씹어 주는 재력과 힘을 가지고 있다면 모를까, 공부 좀 한다고 가지는 선민의식은 차라리 독이다.

"그래. 그냥 두자, 그냥 둬."

"다행이네. 또 학교 뒤집어지는 줄 알았네."

친구들은 묘한 표정으로 서세영을 바라보았다.

아무리 돈이 많다고 해도 천하의 한국대학교를 뒤집는 게 그렇게 쉬운 일은 아니었기 때문이다.

"그냥 냅 두자."

노형진은 그렇게 생각했다.

불평등하더라도, 이번만큼은 무시하자고.

그러나 세상은 그런 노형진을 그대로 놔두지 않았다.

⚖️

"아야야……."

"끄응……."

다리가 부러진 서세영을 보면서 노형진은 눈을 찌푸렸다.

기마전을 한답시고 끌려 나가서는 다리가 부러져 올 줄이야.

"괜찮아?"

"아마도?"

"도대체 거기에 왜 나간 거야?"

"사람이 부족해서……."

"뭐?"

"사람이 부족해서 말이지. 원래 다른 애가 나가야 하는데 자기 공무원 시험 준비한다고 안 나왔어."

노형진은 눈을 찌푸렸다.

그런 인간들이 있기는 하다.

자기 이득만을 위해 아싸, 즉 아웃사이더를 추구하는 인간이.

"재수가 없었구먼."

"그렇지, 뭐."

어깨를 으쓱하는 서세영.

이때까지만 해도 진짜로 재수가 없었을 뿐이다.

하지만 재수 없는 일은 재수 없는 인간이 나타나면서 상황이 돌변하기 시작했다.

　"어, 전화 왔다. 잠깐만. 회사 일인 것 같은데."

　"다녀와."

　"이거야 원."

　노형진은 일단 다급하게 병원으로 온 것이기 때문에 회사에서 온 전화를 받으러 바깥으로 나갔다 왔다.

　단순한 서류 처리에 관한 일이었기 때문에 얼마 지나지 않아서 다시 돌아온 노형진은 안으로 들어가려다가 움찔했다.

　"쯧쯧, 꼬라지 봐라."

　안쪽에서 들려오는 목소리.

　그 목소리에 노형진은 안으로 들어가려던 발걸음을 멈췄다.

　친한 사이에 반쯤 장난삼아 건네는 말투가 아닌, 경멸의 기색이 가득 담긴 말투였기 때문이다.

　"선배, 다친 사람한테 너무하는 거 아니에요?"

　"누가 다치래니?"

　"이거 원래 다른 선배가 나갔어야 하는 거잖아요."

　"그 애는 공무원 시험 준비 중이라니까."

　"아니, 그런 게 어디에 있어요?"

　"여기 있지. 너는 공부도 못하는 게 운동이라도 잘해야지, 뭘 잘했다고 언성을 높여? 너 때문에 교수님한테 얼마나 깨졌는지 알아, 애들 관리 똑바로 안 한다고?"

'뭐, 장난해?'

노형진이 아는 교수들은 그럴 사람들이 아니다.

아니, 다른 의미에서 혼을 내기는 했을 것이다.

최소한의 안전 대책도 없이 시합을 하느냐고 말이다.

그런데 자기들이 잘못해 놓고 다친 후배에게 모조리 독박을 씌우는 남자의 목소리.

"다른 애들은 멀쩡한데 너만 그렇잖아, 너만."

"제가 대장기였잖아요. 그러니까 당연히 공격이 쏠리죠."

"변명은. 하여간 이래서 일반고 애들은 안 된다니까."

'이 새끼가 보자 보자 하니까.'

노형진은 어이가 없어서 안으로 들어가 한 소리 하려다가 멈칫했다.

그 남자 때문에? 아니다. 그 남자가 입고 있는 여름 점퍼 때문이다.

일단 푹푹 찌는 날씨에 점퍼를 입고 버티는 것도 미친 짓이기는 하지만……

'뭐야, 저건?'

점퍼의 등짝에 붙어 있는 문구.

그것은 '대아과학고등학교'라는, 영문으로 된 학교 이름이었다.

'허?'

과잠이라는 걸 들어 본 적은 있어도 고등학교 점퍼는 들어

본 적이 없기 때문에 약간 당황한 것이다.

　그때 노형진을 알아챈 그는 뻔뻔하게도 걱정스럽다는 표정으로 안부를 전했다.

　"그럼 난 이만 가 볼게. 빨리 나아지길 바라."

　"어어?"

　자신이 뭐라고 하기도 전에 나가 버리는 그를 보고 어이가 없어서 멍하니 있던 노형진은 서세영을 물끄러미 바라보며 나간 남자를 향해 손가락질을 했다.

　그걸 본 서세영은 한숨을 쉬면서 말했다.

　"이세창이라고, 2학년 과대 선배예요."

　"과대? 저 새끼가?"

　"네."

　"어이가 없네."

　과대라는 녀석이 와서 행패를 부리고 가자 어이가 없다는 표정이 되는 노형진.

　"아니, 저 새끼 왜 저래?"

　"저 무시하는 거죠, 뭐."

　"뭐? 왜?"

　"그게……."

　서세영이 말을 하지는 않았지만 노형진은 이유를 알 것 같았다.

　"저 새끼, 과학고냐 아니면 외고냐?"

"과학고요."

"이런 쌍놈의 새끼를 봤나."

자기는 과학고를 나왔고 세영이는 일반고를 나왔다는 것이 그 이유였다.

"공부를 잘했으면 자기가 얼마나 잘했다고 저 지랄이야?"

사실 공부 실력이나 머리로 보면 서세영이 그 녀석보다 공부를 더 잘한다고 볼 수 있다.

서세영은 충분한 지원 없이 할머니 아래서 제대로 학원도 다니지 못하고 자라 왔다.

애초에 시골이라 학원도 없었고, 세영의 상황상 개인 과외는 꿈도 꾸지 못했다.

더군다나 할머니가 돌아가시고 심적인 고생을 하면서도 한국대에 입학했다.

그러니 서울에서 학원 다니고 과외까지 받아 가면서 한국대에 입학한 사람과 어떻게 같다고 할 수 있겠는가?

순수하게 머리만 따지면 서세영이 훨씬 뛰어난 셈이다.

"미안해요."

"네가 미안할 게 뭐가 있어. 저놈의 새끼가 개새끼지."

노형진은 눈을 찌푸리면서 말했다.

"하지만 가만둘 수는 없겠다."

"오빠!"

"잠깐 욱해서 그러는 거 아니야. 저런 새끼가 선배면 이후에도 너 가만두겠냐?"

"……."

대학 생활 내내 계속 봐야 한다.

그리고 사회에 나가도, 한국대 인맥이라는 이름으로 계속 유지되어야 하는 관계다.

"저런 새끼는 암이야. 주변을 썩어 가게 만들지."

저런 작자가 세상에 나가면 주변을 썩게 만든다.

선후배 사이에서도 출신 고등학교 따져 가면서 신분을 나누고, 들어오는 후배도 그렇게 나눌 것이다.

자기만의 집단을 만들고 그들끼리 뭉쳐서 세상을 썩게 만들 것이다.

"아니, 그렇게 멀리 갈 필요도 없어."

당장 그가 있는 이상 서세영의 학교생활은 평탄하지 않을 것이다.

똑같이 공부해야 사법시험이든 로스쿨이든 가능한 건데, 일반고를 나왔다는 이유로 기회 자체를 박탈하려고 한다면 그건 명백한 횡포다.

"그리고 내가 걸어온 싸움 피하는 거 봤냐?"

"아아……."

서세영은 입을 다물었다.

오래 알고 지낸 친오빠는 아니지만 노형진이 걸어온 싸움을 피해 도망가는 사람이 아니라는 것쯤은 잘 알고 있었다.

힘이 없어도 그럴 사람이 아닌데, 힘까지 가지고 있으니 피할 이유도 없다.

하지만 그렇다고 해도 소 잡는 칼로 닭을 잡을 수는 없는 노릇.

"말로 해요. 말로……."

"알았다, 알았어. 내가 말로 해 볼게, 최대한."

노형진은 이를 빠드득 갈았다.

⚖

노형진은 가장 먼저 교수님들을 찾아갔다.

다행히 회귀 전에 알고 지내던 분들이라 그들의 취향을 잘 알고 있어서 그들에게 맞는 선물을 사 가는 것은 어렵지 않았다.

"아아, 우리도 알고 있지."

능숙하게 선물과 접대를 하고 나자 자연스럽게 교수들과 인맥이 생겼고, 노형진이 사정을 이야기하자 교수들은 한심스럽다는 듯 말했다.

"알고 계신다고요?"

"그래."

"그런데 가만두십니까?"

"우리가 무슨 힘이 있나?"

"네? 하지만 교수님들이시잖아요?"

"그게 말이야, 요즘 애들은 너무 되바라졌다고 해야 하나? 그런 게 있어. 다른 학과라면 모르지만 아무래도 법률 쪽은 오로지 실력순이니까. 좋다면 좋은데 이렇게 엇나갈 때는 대책이 없지."

"음……."

다른 학과는 교수들의 힘이 강해서 그들이 가지는 파괴력이 엄청나다.

막말로 음악이나 의학 쪽 관련 학과들은 교수가 마음먹으면 신세 망치는 것도 일도 아니다.

하지만 법률 쪽은 아니다.

"자네도 변호사이니 알고 있겠지만, 법률 쪽은 파벌 싸움이 아주 심한 건 아니잖나?"

"그렇지요."

어찌 되었건 오로지 실력으로 시험을 봐서 판사든 검사든 변호사든 되어야 하기 때문에 교수들의 영향력이 그다지 강하지 않은 데다가, 결국 이론이라는 것은 판례의 영향을 받지 않을 수가 없다.

아무리 이론이 어쩌고저쩌고해도 실전에서 무시당하면 없는 취급 당하는 게 법률이니까.

"그렇다 보니 교수 알기를 뭐같이 아네. 엄밀하게 말하면, 교수라고는 하지만 중고등학교 선생님쯤으로 아는 인간들이 많아."

"그 정도인가요?"

"그래. 워낙 잘난 놈들이라 자기들 잘난 것에 대해 좋게 말하면 자부심이 넘치는 거고, 나쁘게 말하면 뵈는 게 없다네."

노형진은 왠지 씁쓸한 기분이 들었다.

교수님들이 뵈는 게 없다고 말할 정도면 도대체 얼마나 싸가지가 없는 걸까?

"서세영 학생도 부지런하고 바르기는 한데 말이지."

"다른 사람들은 그에 대해 불만이 없나요?"

"없겠나? 말이야 바른말이지, 과학고나 외고가 법학과를 오면 안 되는 거 아닌가?"

"그렇지요."

특수 목적고라는 것이 결국 집중적으로 뭔가를 육성하기 위해 만들어진 학교다.

과학고는 말 그대로 '대한민국의 과학 발전'을 위해 만들어진 곳이니 그들은 이과 쪽으로 가야지, 법대로 오면 안 된다.

외고 역시 영어나 기타 외국어권 진출을 목표로 하는 곳이니 법학과 쪽으로 와서는 안 된다.

"그런데 지금은 변질된 거야."

오로지 한국대에 오기 위한 일종의 코스처럼 인식되어 버린 특수 목적고.

그 바람에 그 목적을 다하고 있지 않았던 것이다.

"더군다나 몇 명이 그렇게 급을 나누기 시작하자 학교 분위기도 안 좋아졌고."

"맞네. 몇 번 경고했지만 들은 척 만 척이야."

심지어 경고했음에도 불구하고 노형진이 봤던 고등학교를 드러내는 점퍼를 입고 다니면서 공공연하게 차별하는 것이다.

"일반고가 많았다면 벌어지지 않았을 일이지."

하지만 현실적으로 과학고나 외고가 압도적으로 많다 보니 쓸데없는 가오를 잡는다고 자존심을 세우기 시작하는 놈이 있다는 것이다.

그러자 처음에는 관심도 없던 대다수가 거기에 휩쓸리기 시작하면서 서열화가 진행되고 말이다.

"이만창 그놈이 문제였어."

"그러게 말이야."

노형진은 교수님들의 말을 들으면서 고개를 갸웃했다.

이만창이라는 이름은 처음 들어 봤기 때문이다.

자신은 회귀 전 이곳을 나왔다. 그래서 대부분의 선후배 이름을 아는데 이만창이라는 이름은 처음 들어 봤다.

"그게 누굽니까?"

"아, 그런 놈이 있네. 뭐, 그건 신경 쓰지 말고, 자네가 한번 이야기해 보는 건 어떤가?"

"제가요?"

"그래. 좋은 학벌이 아니더라도 신념이 있다면 성공할 수 있다는 산증인이 자네 아닌가?"

"아니, 그렇게까지야……."

"아니지. 자네야 변호사들 세계에서 전설로 통하는 사람이 아닌가?"

이들은 노형진이 변호사인 것을 알고 있고, 또 검정고시를 통해 그 자리에까지 간 것도 알고 있다.

오로지 실력 하나만으로 올라간 존재인 만큼 학벌로 남을 무시하는 작자들에게 교훈이 될 거라고 생각했다.

"글쎄요. 그렇게 되면 좋기야 하겠지만……."

확실히 서세영이 말로 하라고 하기는 했다. 그렇다면 말로 하면 되는 거 아닌가?

'그래, 말로 처발라 주면 되겠네.'

그리고 그런 거야말로 노형진의 주특기였다.

⚖

"반갑습니다. 노형진입니다. 여러분도 알다시피 여러분들의 선배 변호사입니다."

결국 교수들의 부탁을 못 이긴 노형진은 강연을 해 주기로 했다.

사정을 알아보려고 하다가 뜬금없는 부탁을 받기는 했지

만, 그래도 회귀 전 스승들의 부탁을 무조건 거절할 수는 없었다. 그러나…….

'이럴 줄 알았다.'

애써 만든 강연 자리였지만 학생들이 그다지 관심을 가지지 않는 것이 확연하게 티가 났다.

'하긴, 여기에 와서 강연하는 변호사가 한두 명도 아니고.'

법대에 다니는 이들에게 변호사는 그다지 특별할 것도 없는 존재였으니까.

"결국 성공이라는 것은 개개인의 능력에 기반한 것이기는 하지만 그 개개인의 능력이 결코 학벌은 아닙니다. 학벌이라는 것은 그가 성장하는 과정 중 하나일 뿐이니까요."

"그러면 학벌이 없더라도 성공할 수 있다는 겁니까?"

"그렇습니다. 물론 학벌이 좋으면 성공할 수 있는 가능성도 높지요. 하지만 반대로 다른 걸 보지 못할 가능성도 높습니다. 제가 아는 인사 담당자분이 하신 말씀이 있습니다. 자신들이 한국대와 소위 상위 대학의 인재를 좋아하는 것은 그들이 유능하다기보다는 똑똑한 노예이기 때문이다."

"그게 무슨 말이지요?"

"사회는 학교와 다르다는 거지요. 사실 학교에서 좋은 성적을 받는 것은 암기와 관련된 부분입니다. 하지만 사회는 지금까지와는 다르게 상당한 창의성을 요구합니다."

"창의성요?"

"네, 머리가 좋다는 게 창의성이 좋다는 의미는 아니거든요."

차근차근 설명하는 노형진.

"하지만 그래도 한국 유수의 대학을 나왔으면 머리가 좋지 않나요?"

"그게 문제입니다. 머리가 좋아서 시키는 건 잘하는데 새로운 행동에 대한 대응력이 떨어진다고 하더군요. 그래서 똑똑한 노예라고 표현하는 겁니다."

"네?"

"남과 다른 생각을 하는 방법을 모른다는 거죠. 국영수와 암기는 잘하지만요."

"음……."

"제 경험을 말씀드리자면, 폭넓게 보는 사람은 자기 일을 하면서도 그와 관련된 미래를 준비합니다. 그래서 회사에서 배신을 때리는 경우가 있어도 살아남을 수 있게 정보를 모으거나 다른 일을 할 수 있게 준비하지요. 하지만 시키는 대로 하는 데 익숙한 사람은 회사의 배신은 감안하지 못하더군요."

노형진은 그렇게 말하면서 자신의 말은 듣지 않고 장난치는 인간들을 바라보았다.

"폭넓은 시선이라……."

몇몇은 공감한다는 듯 고개를 끄덕거렸지만 소위 학벌 좋은 녀석들은 개무시하고 있었다.

"학생들은 내 말이 공감이 안 가나 보네요?"

노형진은 그들을 보면서 좋게 말했다.

아무리 화가 난다고 해도 학생들에게 대놓고 뭐라고 할 수는 없었기 때문이다.

"글쎄요. 상반된 이야기 아닌가요? 실력이 있으면 살아남을 수 있다면서도, 결국은 인맥 같은 걸 터야 한다는 건데."

"올."

"날카로운데! 역시 세창이 안 죽었어!"

누군가 말하자 몇몇이 낄낄거리면서 말했다.

그리고 노형진은 그가 누군지 알아볼 수 있었다.

'이세창인가 하는 그놈이군.'

유독 심하게 사람을 차별한다는 인간.

그가 노형진에게 태클을 거는 것이다.

"인맥도 실력입니다. 남을 깔보는 버릇을 가진 사람에게는 인맥도 생기지 않죠."

이세창의 얼굴이 딱딱하게 굳었다.

서세영의 오빠가 변호사라는 것도 몰랐던 사실인데, 그런 오빠가 갑자기 학교에서 강연을 한다는 것이 영 탐탁지 않았다.

'이 쌍년이 자기 오빠한테 나불거렸나 보네. 하여간 이러니까 일반고 나온 새끼들은 방법이 없다니까. 자기들 문제는 자기가 해결해야지, 교수님이랑 오빠한테 쪼르르 달려가서 다 꼰질러?'

안 그래도 일반고를 나온 주제에 장학금을 받으며 다니는 그녀가 마음에 안 들었던 그는 말이 독하게 나왔다.

"성공이라……. 성공의 기준은 다 다르지 않을까요?"

"그래요?"

"네. 고작 새론에 다니면서 성공했다고 하기에는 좀 그러네요. 변호사가 한두 명도 아니고."

"고작?"

"뭐, 개나 소나 다 가는 곳이 새론 아니던가요?"

노형진의 이마에 슬며시 김이 올라왔다.

아마도 자신을 새론의 변호사라고 소개해서 그냥 신입 변호사인 줄 안 모양이었다.

하긴, 나이로 봐서는 그게 정상이기는 하지만.

'어이가 없구먼.'

새론의 변호사들은 돈이나 권력을 보고 온 사람들이 아니다. 그들은 오로지 자신의 신념만 보고 온다.

그래서 소위 전관이라고 하는 사람들은 그다지 많지 않다.

특히나 그 변호사로서의 신념이 강한 시기는 딱 변호사가 된 시기이기 때문에, 새론의 변호사들 중에는 변호사가 되자마자 들어오는 사람이 많다.

그래서 상대적으로 다른 곳보다는 좀 더 파워가 약해 보이기는 하지만…….

'그거야 일반적인 변호사들 이야기지.'

다른 곳도 마찬가지지만 상위 변호사들은 어마어마한 힘을 발휘하는 곳이 바로 새론이다.

　도리어 아무것도 알려 주지 않는 다른 곳과 다르게 변호사 교육을 따로 하고 사건을 시스템화시키는 새론은 다른 곳보다 실력이 좋기로 유명하다.

　그런데 고작이란다.

　'이건 어이가 없어서 화도 안 나는구먼.'

　노형진은 문득 인터넷에서 봤다는 우스갯소리가 생각났다.

　고등학교 때는 개나 소나 다 타는 중형차라고 비웃지만 정작 사회에 나가면 경차 하나 유지하지 못해서 허덕거린다고.

　세상을 모르니 무서운 게 없는 것이다.

　'하룻강아지 범 무서운 줄 모른다고 하더니 딱 그 짝이네.'

　노형진이 하도 어이가 없어서 그저 웃고 있자 자기가 말싸움에서 이겼다고 생각한 이세창은 더 적극적으로 말을 꺼냈다.

　"그리고 말이야 바른말이지, 위쪽에 있는 사람들은 대부분 우리 한국대 출신 아닙니까? 그러면 팔은 안으로 굽는다고, 당연히 후배인 우리를 끌어 주겠지요. 거기에다 좀 더 파고들어 가면 성공한 사람들은 거의 다 과학고나 외고 출신이고, 일반고는 동네 이장이나 하면 다행이라구요."

　낄낄거리면서 웃는 학생들.

　그러자 몇몇 아이들은 잔뜩 불편한 표정이 되었다.

　물론 틀린 말은 아니다.

하지만 저들이 착각하는 게 있다.

"반은 맞고 반은 틀리네요."

"네?"

"일단 자기 후배를 밀어주는 건 맞습니다. 하지만 그건 그 후배가 같은 학교를 나와서가 아니라, 그걸 핑계로 자기 세력으로 편입할 수 있기 때문입니다."

"그러면 더 좋구요. 믿을 만한 세력이 되는 거 아닙니까? 든든한 백이 있는 거잖아요?"

노형진은 스윽 미소를 지었다.

"그래요? 하지만 여러분들이 아직 모르는 게 있네요."

"아직 모르는 것?"

"네. 여러분들은 그분들에게 자신을 보여 줄 그 자격조차도 가지지 못했다는 것 말입니다."

그들의 얼굴이 딱딱해졌다.

노형진은 그들에게 현실을 못 박았다.

"그들에게 가기 위해서는 일단 학교를 무사히 졸업해야겠지요. 그리고 그 후에는 사법시험 또는 로스쿨 진학 이후 변호사 시험을 거쳐야 할 겁니다. 매년 수백 명의 변호사가 세상으로 나가지요. 당신들은 그 수백 명 중에서 그들에게 눈도장을 찍기 위해 몸부림쳐야 합니다."

차가운 노형진의 말에 움찔하는 학생들.

그렇지만 자존심 때문인지 눈을 피하지는 않았다.

"그 수백 명의 변호사 중에서 대형 로펌에 들어가는 숫자는 극히 일부지요. 매년 대형 로펌에서 뽑는 변호사의 수는 백 명 내외입니다. 당신들이 그렇게 무시하는 개나 소나 들어가는 새론도, 그 백 명 내외에서 변호사를 뽑는 거죠. 변호사들의 상위 10퍼센트 안에 있는 사람들이라는 거죠."

"크흠……."

"나머지는 변호사 자격증으로 일반 기업에 들어가서 자리를 잡아야 합니다. 하지만 기업 변호사들은 대부분 자리가 찬 상태지요."

"으음……."

"결국 개인 사무실을 내야 하는데, 그마저도 돈이 없어서 원룸을 얻어서 활동하는 변호사들도 있지요."

"설마……."

노형진은 피식하고 비웃음이 나왔다.

저들이 현실을 너무 모른다고 생각했던 것이다.

"여러분들은 변호사가 모이는 곳이 어디라고 생각합니까?"

"당연히 법원 앞 아닌가요?"

"그러면 법원 앞에 있는 사무실의 가격은 압니까?"

"사무실 가격?"

"네. 보통 개인 변호사 사무실 기준으로, 보증금 1억 5천에 월 450만 원입니다. 유지비와, 보통 직원 두 명 쓰니까 매달 2천만 원 이상의 고정 지출이 발생합니다. 여러분들은 그 돈을 벌 자신이 있습니까?"

"……."

그들은 아차 싶었다.

그건 출신 고등학교가 어디냐의 문제가 아니다. 본인의 능력과 재력의 문제다.

아무리 이 안에서 과학고니 외고니 목에 힘주고 다녀도 세상에 나가는 순간 그저 일개 변호사일 뿐이며, 이미 성공한 사람에게 접근하기 위해서는 기회와 힘이 필요했다.

"잠깐 침묵을 지킬까요?"

"네?"

"딱 3분만 지킵시다."

노형진은 시계를 바라보면서 말을 아꼈다.

노형진이 그렇게 말하자 다들 아무런 말도 하지 못하고 멍하니 그를 바라보았다.

그리고 그렇게 3분이 지나자 노형진은 다시 학생들을 바라보았다.

"3분이 지났습니다. 그 3분 동안 여러분은 뭘 했나요?"

"그건……."

그들은 아무런 말도 하지 못했다.

3분 동안 그들이 할 수 있는 건 없었으니까.

물론 노형진은 아니지만.

"전 지금 3분 동안 차 한 대 살 만큼 돈을 벌었습니다."

"허억!"

다들 눈을 크게 떴다.

아마 그 차량이 페라리나 람보르기니 같은 슈퍼 카라는 사실을 알면 저들은 더 기겁할 것이다.

"전 그 정도 능력이 있는 사람이고 그만큼 벌고 있지요. 대룡의 전담 변호사이기도 하고 새론의 이사진 중 한 명이기도 합니다. 전 힘이 있고, 돈이 있으며, 인맥이 있습니다. 하지만 전 고졸도 아니고 중졸도 아닙니다. 둘 다 검정고시로 패스했지요. 그러면 전 실패한 인생인가요? 그리고 제 여동생이 변호사가 되었을 때, 전 그 뒤에 있겠지요. 그러면 제 여동생은 실패한 인생인가요?"

아주 대놓고 공격하는 노형진의 말에 다들 침묵을 지켰다.

설마 그런 사람이라고는 예상도 못 했던 것이다.

"아, 아까 말을 하다가 샌 것 같군요."

하지만 노형진의 말은 끝난 게 아니었다.

"아까 성공한 사람들 사이에 끼기 위한 조건에 대해 말했지요?"

노형진은 그렇게 말하면서 주변을 스윽 바라봤다.

특히나 과학고와 외고 출신들을 더욱 힘주어 바라봤다.

"그들도 절대 받아 주지 않는 사람들이 있습니다."

"어떤 사람이지요?"

그걸 보고 일반고 아이들은 속이 시원하다는 듯 물었다.

"힘을 가진 사람과 척진 인간이지요. 도구 때문에 전쟁에 끌려 나가고 싶지는 않을 테니까요."

듣고 있던 많은 아이들이 고개를 숙일 수밖에 없었다.

말로는 못 알아 처먹어

"오빠, 아주 그냥 잔뜩 흔들어 놨더라?"

"예의라고는 없더라. 그래서 내가 겁 좀 줬지."

아무리 상대방이 만만해 보인다고 해도 강의하기 위해 거기에 간 이상 지켜야 하는 최소한의 예의라는 것이 있다.

하지만 그들은 그러한 예의조차도 지키지 않고 노형진에게 빈정거렸다.

"그래도 그렇지, 그렇게 잔뜩 흔들면 어떻게 해? 나 다시 나가면 어색할 거 아냐?"

"차라리 잘된 거야."

"뭐?"

"너도 변호사가 될 거고 언젠가 애 엄마가 될 거니까 말해

두는 건데, 학교 폭력에 대응하는 가장 좋은 방법은 친하게 지내는 게 아니라 건들면 내 손에 죽는다는 걸 보여 주는 거야."

"뭐?"

어이가 없다는 표정이 되는 서세영.

하지만 노형진의 말은 아주 진지했다.

"학교 폭력 상황에서 친하게 지내라는 말은 상대방에 대한 무시만 불러와."

특히나 부모가 그러는 경우, '상대방 부모도 나를 무서워하는구나.'라는 말도 안 되는 생각을 하게 한다.

그래서 친하게 지내라는 말은 해결책이라기보다는 최악의 선택이라고 하는 게 맞다.

"차라리 그럴 때는 경찰을 대동하고 정식으로 폭행으로 입건시켜서 세상이 무서운 걸 보여 줘야 해."

"그렇게까지…….''

"그렇게까지가 아니야. 법률 싸움도 결국 절반은 심리전이야. 내가 왜 심리학을 같이 공부하라고 했겠어?"

"으응……."

서세영도 알 것 같다는 듯 고개를 끄덕거렸다.

"거기에다 너희 동기들이랑 2학년들, 어른인 것 같지? 전혀 아니야. 너희들에게 자유가 주어지기는 했지만 아직 정신적으로 성숙할 기회가 주어진 건 아니니까."

"그런가?"

"그래. 그때 조심해야 해."

정신적으로 성숙한 어른이 되어야 하는 시기에 저런 식으로 편협한 생각에 빠지면 몸은 어른인데 정신은 아이인 사람이 되어 버린다.

"하지만……."

"걱정하지 마. 어차피 학교에 가면 너를 기준으로 또 파벌이 생길 거야."

"뭐?"

"내가 왜 재력 이야기를 꺼냈는데? 이런 말 하면 그렇지만, 그중에서 사무실을 소위 자리 좋은 곳에 얻을 수 있는 사람들이 얼마나 되겠어?"

"헐."

하긴, 그럴 것이다.

과학고니 외고니 하는 것은 중학교 때 성적의 차이지 결국 대부분은 그런 곳에 자리를 얻기 힘든, 그저 그런 변호사가 될 가능성이 높다.

"그에 반해 넌 이미 변호사가 된다면 자리를 얻는 게 확정적이지. 그렇다면 과연 너랑 친해지려고 하지 않을까?"

"오빠…… 무섭다……."

"원래 어른들의 세계는 무서운 거다. 뒤끝도 심하고."

다른 사람도 중요하지만 어찌 되었건 가장 중요한 것은 자신과 관련된 사람들이다.

아무리 돈이 많고 힘이 있으면 뭐 하나, 자기 사람을 지키지 못한다면 그건 의미가 없는 돈일 뿐이다.

"그러니까 무슨 일이 있으면 바로 말해."

"무슨 일이라니? 설마 이렇게까지 했는데 덤비겠어?"

"모르는 일이야. 가진 게 자존심밖에 없는 인간들은 자기 자존심을 건드리면 눈이 돌아가거든."

"설마."

"설마가 사람 많이 잡는다."

노형진은 그렇게 말하면서도 걱정스러운 얼굴로 머리를 긁었다.

"일단 말로 반쯤 죽여 놨지만 과연 그들이 어떻게 나올지 참 걱정이네."

"싯팔 새끼! 어디 고등학교도 졸업하지 못한 새끼가 우리를 무시해?"

검정고시 출신에게 처발렸다는 게 말도 안 된다고 생각하는 건지 이세창은 분노로 이를 박박 갈았다.

"아오, 그 새끼를 어떻게 죽이지?"

"그러다가 큰일 나."

"큰일은 무슨, 말도 안 되는 개소리 하지 마. 고작 그런 새끼가 무슨 힘이 있다고."

"씨발, 돈이 많다잖아."

노형진이 강연하고 간 후, 학생들은 분위기가 영 좋지 않았다.

그럴 수밖에 없는 게, 자기들은 나름 엘리트 코스를 밟고 있다고 생각했는데 알고 보니 현실은 세상에 나가는 순간 자신들은 시궁창행이고 자신들이 그렇게 무시했던 서세영은 빵빵한 지원과 인맥으로 권력의 핵심에 접근할 수 있었기 때문이다.

"그리고 그 사람이 틀린 말을 한 것도 아니잖아."

"뭐?"

"그렇잖아. 여기서 변호사 되면 개인 사무실을 열 수 있을 만큼 돈 가진 사람이 얼마나 돼?"

"……."

"그런 사람은 드물잖아? 진짜 금수저라면 모를까, 차라리 그럴 거면 우리가 뭉쳐서 힘을 합치는 게 나을 듯싶은데? 안 그래? 막말로, 결국 나가면 그냥 한국대 출신이잖아? 그마저도 사법시험을 통과하지 못하면 헛고생인 거고."

"뭐라는 거야, 이 씨발 새끼는."

"뭐?"

"이래서 외고 출신들은 안 돼. 자존심이라는 게 없어요."

"뭐라고?"

눈을 찌푸리는 외고 출신들.

이세창은 그런 그들을 보면서 비아냥거렸다.

"너희들도 루저인 건 마찬가지 아냐? 과학고 올 실력이 안 되니까 외고 간 거 아니야."

"뭐라는 거야, 이 개새끼가!"

이세창의 도발에 발끈하는 학생들.

"그렇잖아? 안 그래? 씨발, 외고는 무슨. 결국 일반고 찐따 새끼들보다 조금 더 나은 주제에."

"이 새끼가 진짜 터진 입이라고 나불거리는 거 보자 보자 하니까."

발끈하며 일어나는 외고 출신들.

"야, 그만해."

"뭐야?"

싸움이 나려고 하는 찰나에, 아까 말하던 남학생이 갑자기 끼어들어서 그들의 싸움을 말렸다.

"뭐야?"

"뭐긴. 딱 보면 몰라?"

그는 얼굴에 비릿한 미소를 띠면서 자리에서 일어났다.

"저 새끼, 일반고 애들한테 개기지 못할 것 같으니까 저러는 거야."

"뭐?"

"그렇잖아? 서세영이 돌아오면 분명히 친하게 지내던 일반고 애들이 챙겨 줄 텐데, 너 거기에 기어오를 수 있어?"

그의 날카로운 말에 이세창은 입을 꾸욱 다물었다.

"어찌 되었건 세영이 그 애가 의리는 있는 애였으니까. 일반고 출신이 많은 것도 아니고 말이야. 결국 그쪽 파벌에 엉길 자신이 없으니까 우리한테 엉기려고 하는 거야."

"이런 개 같은."

"너희들, 그걸 말이라고 하는 거야?"

외고와 과학고 출신 사이에 분위기가 살벌해지자 말하던 남학생이 먼저 자리에서 일어났다.

"그만하자. 난 간다."

"뭐?"

"줄 잘 서, 이 새끼야. 세상 물정 모르고 깝치지 말고. 엄밀하게 말하면 세영이 재수로 들어온 거라 신입들보다 나이 많다. 우리랑 같은 나이라는 소리야. 그런데 개무시해 왔으니."

"씨발, 대학에 나이가 어디에 있어! 학번이 먼저지!"

"그러면? 사회에는 학번이 어디 있어? 나이랑 재력순 아니야?"

"크윽."

"이건 뭐 보자 보자 하니까 가관이네. 난 가련다. 철도 없는 너희 꼬꼬마끼리 잘 놀아라. 왜 군대 갔다 온 선배들이 이딴 짓 안 하고 다니는지 생각 좀 해 보고."

그가 가자 당혹해서 어쩔 줄 모르는 외고 출신들.

각 집단에 리더가 있는데, 이세창은 과학고 출신을 이끌고 있었고 지금 나간 남학생이 외고 출신을 이끌고 있었던 것이다.

"나도 간다, 더러워서."

"그래, 일진 놀이는 너희들끼리 해라. 대학이나 와 가지고 쪽팔리게 이게 뭐 하는 짓이야."

외고 출신들이 우르르 나가 버리자 이세창은 이를 박박 갈았다.

"이런 쌍놈의 새끼들. 하여간 대갈빡 졸라 안 돌아가."

"하지만……."

"씨팔, 생각해 봐라. 3분 만에 차 한 대를 샀다고 하면 못해도 1천만 원은 벌었다는 거니까 하루에 몇억을 번다는 뜻인데, 너 같으면 그렇게 돈 많은데 변호사 노릇을 하겠냐?"

"아……."

"그리고 이사? 씨팔 그 나이에 잘도 이사 하겠다. 이사를 하려면 돈을 투자해야 하는데, 서세영이 그렇게 꾸미고 다니는 거 봤어?"

"그러네."

"그 새끼가 뻥카 친 거야. 힘? 권력? 지랄하네."

이세창은 이를 박박 갈았다.

이렇게 자신에게 창피를 준 노형진을 용서할 수가 없었다.

물론 뻥을 쳤다고 해도 그가 했던 말은 사실이다.

과학고를 나왔다는 것은 그다지 메리트가 있는 것도 아니고 세상에 나가면 도움이 되는 것도 아니다.

그는 이세창의 자존심을 완전히 짓밟아 버린 것이다.

자신이 과학고에 들어가기 위해 얼마나 고생했는데, 그게 무너지자 이세창은 분노로 부들부들 떨었다.

"이 새끼, 내가 털어 내야겠다. 조또 아닌 새끼가."

"왜?"

"우리 사촌 형한테 연락해 봐야겠다."

"사촌 형? 아, 그 검사 하고 있다는 그분?"

"그래. 형이 맨날 그랬어. 너는 똑같은 한국대생이 아니다, 과학고를 나온 수재다, 다른 버러지들하고는 급이 다르다고."

"하긴, 외고 출신들이 과학고에 오지 못해서 외고로 간 건 맞지."

"그래. 내가 사회에 있는 과학고 출신들이 얼마나 힘이 있는지 보여 줘야겠어."

이세창은 눈에 불을 켜고 분노를 불태웠다.

⚖️

"노형진이라고?"

"네, 형. 그 새끼가 우리 과학고 출신들을 개무시했어요."

"이런 개자식을 봤나?"

이만창은 사촌 동생의 말에 분노가 치밀어 올랐다.

죽어라 공부해서 여기까지 왔다. 그런데 그런 과학고를 무시해?

"더군다나 그 새끼, 검정고시 출신이에요."

"검정고시?"

"네. 심지어 중학교까지 검정으로 통과했대요."

"허, 무슨 말도 안 되는 개소리야? 검정이나 보는 대가리 똘빡이 무슨 변호사야?"

"그러니까요. 그 새끼, 사칭하는 것 같아요."

"사칭?"

"네. 그 녀석이 뭐라는지 알아요? 자기가 3분이면 차 한 대 살 돈 번다고 엄청 거들먹거리더라고요."

"뭔 병신 같은 개소리를."

딱 그것까지만 들어도 상대방이 거짓말하는 것임을 알 수 있다면서 이만창은 피식 웃었다.

"그 새끼 때문에 온갖 창피는 다 당하고 과학고 출신들이 고개를 못 들고 다닌다니까요."

"흠……."

"그 개자식이 사칭한 게 분명해요. 그 때문에 서세영이라는 그년이 얼마나 콧대가 높아졌는지 모른다니까요."

"고작 1학년에 일반고 출신 주제에 말이야?"

"네."

"허, 한국대도 다 썩어 가는구먼."

이만창은 눈을 찌푸렸다.

아무리 생각해도 이건 아닌 듯했다.

"그 새끼 다 까발리고 묻어 버릴 수 없어요?"

"야, 임마. 나 검사야, 검사. 그 정도는 어려운 거 아니야."

"캬, 역시 형님. 개 같은 년, 한번 제대로 창피당해 봐라."

"너한테 한 번만 살려 달라고 들러붙는 거 아냐?"

"그러면 적당히 따먹다가 버리죠, 뭐."

"너, 그런 년 집안에 들일 생각 마라."

"에이, 미쳤어요? 일반고 출신 돌대가리를 집 안에 들이면
유전자 버려요."

"그래, 잘 알고 있네."

이만창은 이세창을 보면서 씨익 웃었다.

자신들은 과학고를 나온 영재들이다. 그런데 고작 일반고
를 나온 녀석들이 자신들에게 덤벼든다?

'거기에다가 일반고도 아니고 검정고시 출신이 지금 우리
를 무시해?'

잘못된 그의 선민의식은 최악의 선택을 하고 말았다.

'오냐, 너의 인생은 내가 확실하게 망가트려 주마. 검정고
시는 검정고시 출신답게 하루하루 노가다나 뛰란 말이지, 흐
흐흐.'

"노 변호사, 혹시 실수한 거라도 있나?"

"실수요?"

김성식이 찾아와서 뜬금없이 한 말에 노형진은 고개를 갸웃했다.

"제가 실수할 만한 거라고 하면…… 너무 많은데요? 어찌 되었건 저도 인간이니 실수할 만한 건 있겠지요."

"그쪽으로 말고 법 쪽으로 말이야. 누구 건드리면 안 되는 사람을 건드렸다든가."

"음……."

순간 최재철을 떠올린 노형진은 이내 고개를 흔들었다.

최재철이 움직였다면 김성식이 이렇게 느긋하게 물어볼 리 없다.

"딱히 모르겠는데요. 무슨 일 있습니까?"

"몇 놈이 자네에 대해 캐고 다니는 모양이야."

"저를요?"

"그래."

노형진은 고개를 갸웃했다.

자신이 뭐라고 뒤를 캔단 말인가?

'아니, 걸리는 부분이 많은 건 사실인데…….'

노형진은 그렇게 생각하면서 김성식을 바라보았다.

설명을 바라는 눈빛.

김성식 역시 그 뜻을 알아챈 건지 어깨를 으쓱하면서 말했다.

"경찰 쪽으로 자네에 대해 아는 게 있느냐고 질의가 들어왔다고 하더군."

"경찰요?"

"그래."

"누가요?"

"검찰이라던데?"

"검찰이?"

"네."

"이상하네요."

검찰에서 자신을 캐고 다닐 이유가 없다.

궁금한 게 있으면 직접 물어보면 그만이고, 다른 이유로 움직인다면 이렇게 허술하게 할 리가 없다.

"위에서 움직인 겁니까?"

"그러니까 그게 이상해. 내가 좀 알아봤는데 위에서는 움직인 사람이 없더군. 이만창이라고, 아나? 그 녀석이던데."

"이만창요?"

"그래."

"처음 들어 보는 이름…… 아니…… 잠깐만…….."

노형진은 부정하려다가 고개를 흔들었다.

이만창. 들어 본 이름이다, 그것도 아주 최근에.

"직접적으로 아는 사이는 아니고, 그냥 개인적인 일과 관련해서 이름은 들어 본 적이 있습니다. 이만창이라는 사람이 움직인 건 확실한 거지요?"

"그래."

"부장검사입니까?"

"그럴 리가 있나. 그랬으면 벌써 내가 나섰지. 평검사야."

"평검사요?"

"그래."

"흠……."

고작이라고 하지만 평검사가 자신을 캐고 다닐 이유는 없다.

그리고 이만창이라는 이름도 왠지 껄끄럽고.

'그러고 보니 그 깽판 치던 녀석 이름이 이세창이었잖아?'

한국의 집안은 돌림자라는 것을 쓴다.

즉, 같은 항렬이라면 같은 글자를 씀으로써 그 항렬이라는 것을 증명하는 것이다.

그렇다면 창이 돌림자라면…….

'사촌쯤 되는 건가?'

노형진은 눈을 찌푸렸다.

"그래서 그놈이 뭐랍니까?"

"나야 모르지."

"흠…… 혹시 우리 쪽에 한국대 출신 없나요?"

"없겠나? 우리가 멤버가 몇 명인데."

"아, 그냥 그 녀석에 대해 좀 알아보려고요."

아무래도 그냥 말로 해서 알아 처먹을 놈이 아닌 듯했다.

⚖️

―이만창요?

"네. 아십니까?"

그에 대해 아는 변호사는 현재 다른 지점에 나가 있었다.

물론 그렇다고 해서 대화하지 못할 이유는 없다. 현대에는 스마트폰이라는 문화적 산물이 있으니까.

―아, 그 꼴통 새끼 말이지요. 제 후배이기는 합니다. 뭐, 후배 취급해 주고 싶지도 않은 개새끼이기는 하지만요. 그 새끼 때문에 후배들이 안 좋은 버릇이 들었다죠.

교수님에게 들은 소리와 같은 소리가 들려왔다.

"그 고등학교별로 신분 나누는 거 말씀인가요?"

―네. 별 그지 같은 걸로 그렇게 싸워 대니 어이가 없어서. 제가 4학년이 아니었으면 한번 손 좀 봐 줬을 겁니다. 게다가 그때 1차 붙은 상태여서 잘못 건드리면 제가 손해라서 그냥 넘어갔는데…….

"그걸 탓하려고 하는 건 아닙니다. 그 녀석이 우리 새론의 뒤를 캐고 다녀서요."

―네? 하, 이 새끼가 미쳤네, 미쳤어.

상대방은 잠깐 혀를 끌끌 차더니 그에 대해 말했다.

—그 새끼는 인생 패배자예요. 대가리에 국영수만 들어 있고 암기만 잘하지 다른 건 개떡입니다.

그는 한국대 법대에 들어온 사람이기는 했다.

문제는 그가 보결로 들어왔다는 것이다.

쉽게 말해서 예비로 합격했다가 간신히 말석으로 들어왔다는 것.

사실 어찌 되었건 대부분의 사람들은 그런 것에 신경 쓰지 않았다.

한국대에 들어갈 정도이고 또 말석이라고 해도 그 차이는 0.1점 단위로 갈라질 정도로 미세하기 때문에 나눠 봐야 의미가 없기 때문이다.

—그런데 그 새끼는 그렇지 않았어요.

과학고 출신인 그가 일반고 녀석들을 이기지 못하고 간신히 말석으로, 그것도 예비로 들어왔다는 것.

그게 그의 자격 지심을 건드렸던 것이다.

남과 다른, 성공한 사람이라고 생각했던 자신이 일반고 출신도 이기지 못해서 그들 아래 말석으로 들어왔다는 것에 엄청나게 자존심 상해 하면서, 자기는 과학고 출신이니 너희들과 존재 자체가 다르다면서 고개를 뻣뻣하게 들고 다녔던 것.

—이건 뭐, 선배들이 개소리한다고 뭐라고 했지만 들어 처먹어야 말이지요. 그러다가 문제가 생겼죠.

"어떤 문제?"

－그 새끼가 어떻게 한 건지 군대를 안 갔어요.

"아."

대부분의 선배들은 군대를 가 있는 시기.

그에게 브레이크를 걸던 동기들이 군대에 가 버린 시기.

예비역들은 본격적으로 취업과 사법시험을 준비하는 시기.

"왕처럼 군림했겠군요."

－네. 그리고 제대하고 나니까 아주 개판이 된 거죠, 뭐.

"끄응……."

통제할 수 있는 사람이 없으니 자기 마음대로 서열을 세우고 그걸 후배들에게 교육시킨 것이다.

'이거 뭐, 미꾸라지 한 마리가 개천을 흐린다더니.'

딱 그 짝이다.

－하여간 그놈이 그런 쓰레기였다니까요.

"그렇군요."

노형진은 그 말을 들으면서 눈을 찌푸렸다.

'어떻게 하필이면 그런 새끼가……'

그는 노형진과 동갑.

그 말은 노형진이 대학에 들어갔다면 같은 시기에 시험을 봤을 거라는 소리다.

'그래서 내가 몰랐구먼. 보결이라……'

원래 역사에서는 노형진이 한국대 법학과에 들어갔다. 그러나 이번 역사에서는 노형진이 들어가지 않았다.

그래서 자연스럽게 노형진 아래에서 한 등수씩 올라갔을 테고, 그 결과 입학한 것이 바로 이만창이었던 것이다.

'어쩐지 내가 그 새끼를 모르더라.'

회귀 전에 같은 과였다면 알고 지냈을 텐데 몰랐던 이유를 알 것 같다.

그리고 회귀 전에 없었던 일이 갑자기 생긴 이유도 말이다.

노형진의 빈자리를 차지한 놈이 벌인 일들인 것이다.

'그나저나 이 새끼를 어떻게 한다?'

노형진은 머리를 긁었다.

안 봐도 뻔하다. 자신에게 처발린 것이 억울해서 어떻게든 복수할 수 있는 방법을 찾으려고 하는 것이다.

'흠……'

"감사합니다."

노형진은 감사의 인사를 전하고는 곰곰이 생각에 빠졌다.

"허, 그런 이유 때문이라고? 이건 뭐, 그런 놈이 무슨 검사야?"

조용히 듣고 있던 손채림도 어이가 없다는 듯 고개를 흔들었다.

"원래 그런 놈들이 더해."

자격지심이 있는 놈들이 성공하는 경우, 거의 100퍼센트라도 봐도 무방할 정도로 자신의 힘으로 남에게 복수하려고 한다.

물론 자신이 피해자라고 하면 문제가 안 된다.

하지만 이번 경우는 명백하게 자신들이 가해자이고 대다수가 피해자가 된 상황이다.

그런데 그걸 올바르게 고쳤다고 이 지랄이라니.

"원래 적폐라는 게 이런 거지."

노형진은 씁쓸하게 미소 지으면서 말했다.

웃긴 건, 이런 녀석일수록 더 위로 올라가기 쉽다는 것이다.

"어떻게 할 거야? 그냥 둬? 아니면 고발해?"

"글쎄. 가만두자니 이 새끼가 끝도 없이 기어오를 건 뻔하고……."

가만두면, 분명히 자신의 힘으로 안 될 것 같으면 주변 사람들에게 청탁을 넣어서라도 노형진을 흔들어 보려고 할 것이다.

물론 그 정도에 흔들릴 만큼 노형진이 만만한 사람은 아니기는 하지만.

"그렇다고 고발하자니 그건 또 건덕지가 없단 말이지."

정식으로 제소한 것도 아니고 그냥 뒤에서 조사하고 다니는 것은 검찰의 권한이다.

소위 인지수사라고 해서, 범죄가 일어날지도 모른다는 의심을 품고 캐고 다니는 것이다.

그런 경우 큰 피해가 없다면 배상을 청구하거나 할 수가 없다.

징계를 요구해 봤자 그게 진행이 될 가능성도 없다.

"흠…… 이 새끼를 어떻게 엿을 먹이나?"

노형진은 머리를 북북 긁다가 문득 좋은 생각을 떠올렸다.

"이 녀석이 지금 날 따라다닌다는 거지?"

"가서 따지게?"

"가서 따져 봐야 무슨 의미가 있겠어?"

"그러면 어쩌려고?"

"그냥…… 간단하게 약속을 좀 잡아 볼까?"

노형진은 씨익 미소를 지었다.

⚖

노형진은 다음 날부터 왠지 수상한 행동을 하기 시작했다.

주변을 두리번거리고, 늦은 시간에 외출하고, 렌터카를 빌려서 움직이고, 심지어 왠지 질이 안 좋을 듯한 사람들을 몰래 만나기도 하고.

오늘도 노형진은 으슥한 공원에서 의심스러워 보이는 남자를 만나고 있었다.

"형님이랑 모레 만나기로 했다는 거지?"

"네, 형님!"

"좋아. 중국 쪽에서는 물건이 언제 들어온대?"

"한 달 이내에 **빵빵**하게 채워서 들여보내 준답니다."

"통관 쪽은?"

"확실하게 미리 준비해 놨습니다. 별문제 없이 통과될 겁니다."

"네가 고생이 많다."

"아닙니다, 형님. 다 같이 잘 먹고 잘살자고 하는 거 아닙니까?"

"그렇지. 당분간만 고생해라. 이 건만 성공하면 인생 펴는 거야."

"네, 형님."

"그럼 들어가라. 돌아갈 때 조심하고."

"알겠습니다, 형님."

남자가 멀어지고 난 후 노형진은 씨익 웃으면서 집으로 돌아왔다.

그가 들어왔을 때, 집 안에서는 손채림이 커튼 사이로 빼꼼하게 주차장을 바라보고 있었다.

"어때?"

"좋아. 참 편하게 야근하네."

"장난하지 말고."

"뻔한 거 아냐? 네가 그렇게 '나 수상한 사람입니다.' 하고 티를 내고 다니는데?"

주차장에 스윽 들어오는 한 대의 차량.

이 컴컴한 밤에 라이트도 켜지 않은 상태로 스윽 들어오는 차량을 보면서 손채림이 키득거렸다.

"아주 짭새들이 뒤에 잔뜩 붙었다."

"짭새라니. 그래도 경찰한테."

"에이, 이럴 때 아니면 범죄자 기분을 언제 내겠어."

그들이 자리 잡는 것을 확인한 손채림은 커튼을 내리고 창문에서 물러났다.

"주변에 감시가 쫙 깔렸어."

"그럴 테지."

노형진은 라면 물을 올리면서 말했다.

"라면이나 먹고 가라."

"맨날 라면이야?"

"야식의 정식 아니겠어?"

다 익은 라면을 탁자에 올리자 능숙하게 김치를 꺼내 놓는 손채림.

두 사람은 라면 한 그릇을 사이에 두고 이런저런 이야기를 하면서 먹기 시작했다.

"그래서, 이야기는 다 끝났어?"

"그래. 주변도 다 정리 해 놨고. 그나저나 안 걸리면 어쩌지?"

"안 걸릴 리 없지. 어떻게 해서든 꼬투리 하나 잡아서 날 깔아 뭉개고 싶을 텐데."

심각한 자격지심을 가지고 있는 이만창.

거기에다가 자기 사촌 동생까지 자신에게 창피를 당했다.

"결정적으로 난 그 녀석이 가장 싫어하는 타입이거든."

"응?"

"학벌 없이 오로지 자기 능력만으로 올라온 사람."

"아하!"

"그 녀석이 오로지 학벌만 자랑하는 것과는 다르지."

"그런 걸 신경 쓸까?"

"너 진짜 부자가 뭐 사러 갈 때 정장 빼입는 거 봤어?"

"하긴."

자신의 뭔가를 자랑한다는 것.

그건 뭔가에 대해 심각한 자격지심이 있다는 것이다.

가령 뭔가를 확실하게 사러 갈 때는 꾸미고 가지 않는다.

어차피 가서 살 거고, 자신의 신분은 계좌가 말해 줄 테니 그럴 필요가 없기 때문이다.

하지만 확실하지 않을 때 그는 다른 걸로 자신을 증명하려고 한다.

그러니 꾸미고 가려고 하는 것이다.

실제로 귀금속 전문 매장에 가서 들어 보면 화려하게 꾸미고 오는 사람보다 편하게 입고 오는 사람이 더 구매율이 높다고 한다.

부자들의 경우는 아예 추리닝에 슬리퍼를 끌고 오는 사람도 있다고 한다.

"마찬가지야. 저 녀석은 자신에게 대한 자신감이 없다. 그러니 학벌로 자신을 증명하려 하는 거지."

그리고 노형진은 딱 그 반대에 있는 사람이다.

학벌 없이 성공했고, 자신보다 돈도 더 많다.

"제 딴에는 아마 라이벌쯤이라고 생각하고 있을걸."

노형진은 피식 웃었다.

'내가 대학을 가지 않은 덕분에 자기가 간신히 입학한 거라는 사실을 알면 어떨까?'

아마도 자신을 죽이고 싶어 할 것이다.

"그런 생각이 그를 파멸로 이끌 거야, 후후후."

노형진은 자신을 따라오는 사람들을 바라보면서 실실 웃었다.

자기 딴에는 아마 안 걸린다고 생각하고 있겠지만…….

'잘 따라오네.'

노형진은 몇 번이나 잘 따라오게 중간에 멈춰 가면서 약속 장소로 향했다.

그렇게 그들을 끌고 간 곳은 시외에 있는 조용한 커피숍이었다.

그리고 그 안에 들어갔을 때 노형진은 자신을 기다리고 있는 사람을 만날 수 있었다.

이것이 법이다

"노 변호사, 오랜만이구면."

"오랜만입니다, 유찬성 의원님."

고개를 숙여서 인사를 건넨 노형진은 그의 건너편에 앉아 미소를 지었다.

"요즘 잘 지내시지요?"

"편하지는 않지. 요즘 주변 시선이 영 좋지 않아서 말이야, 하하하."

"그럴 겁니다."

지금쯤이면 현 야당에 대한 본격적인 죽이기가 한창일 때니까.

현 정권은 정권의 연장을 위해 목숨 걸고 현 야당을 말려 죽이는 데 온갖 방법을 다 쓰고 있다.

다만 현 상황은 과거와는 좀 달랐다.

'지금은 유 의원이 있으니까.'

과거에는 내부에 심은 스파이들의 방해와, 욕심에 사로잡혀 내분을 일으키는 작자들 때문에 제대로 저항도 못 했지만 지금은 아니다.

유 의원과 함께 작전을 짜면서 내부에 있던 스파이 의원들이 모조리 발각되었고, 그가 힘을 가지게 되자 이권을 가지고 싸우던 인간들이 수면 아래에서 숨을 죽이게 된 것이다.

그 덕분에 그가 주요 공격 대상이 되었고.

"그나저나 당 대표에 나서신다는 이야기를 들었습니다만"

"솔직히…… 아직은 잘 모르겠네."

"어째서요?"

"난 앞에서 싸울 줄만 알지, 지휘할 줄은 잘 모르는 사람이거든."

"그래도 정치적인 꿈이 있지 않으십니까?"

"없다면 거짓말이지. 하지만 내 꿈 때문에 엉뚱한 사람들 고생시키는 건 또 아니지 않나? 능력도 안 되는데 욕심을 부리면 현 대통령하고 뭐가 다르겠나?"

노형진은 씨익 미소를 지었다.

자신이 유찬성을 좋아하는 이유. 그는 적당하게 욕심이 있기 때문이다.

그와 동시에 자신의 능력을 알고 그 안에서 활동하려고 한다.

'보통 이쯤 되면 당 대표나 대통령 해 보겠다고 헛짓거리하는 인간들이 많아지는데 말이지.'

하지만 그는 아니다.

욕심이 없는 건 아니나, 자신의 능력에 대해 누구보다 잘 알고 있다.

그리고 스스로 국가를 대표할 정도의 능력을 가진 사람이 아니라는 것 또한 알고 있었다.

"뭐, 능력이야 키우면 된다고 하지만, 이 나이에 쉽겠나? 그래서 고민 중일세. 그리고, 자네도 알지 않나? 당 대표를 해서 좋은 꼴 보는 것보다 안 좋은 경우가 더 많았던 거 말이야."

"그건 그렇지요."

역대 당 대표를 한 사람들은 많다.

하지만 상당수가 좋지 못한 모습으로 역사의 뒤안길로 사라졌다.

그럴 수밖에 없는 게, 당 대표라고 하면 그들은 그 권력만 생각한다.

하지만 당 대표가 된다는 것은 모든 사람들의 시선이 쏠린다는 뜻이다.

만일 더러운 면을 가지고 있다면 그게 드러날 가능성이 아주 높아진다.

"나도 마냥 깨끗한 인간은 아니니까."

"그래도 상대적으로 깨끗하시지 않습니까?"

"상대적인 거지. 저쪽에서 물어뜯으면 어떻게 되는지 알고 있지 않나?"

"하긴, 그러네요."

그의 처제 사건 때 정부는 아주 사소한 걸로 그를 옭아매서 말려 죽이려고 했었다.

큰 것도 아니라고 해도, 언론을 쥐고 있는 그들의 힘이면 충분히 천하의 개쌍놈을 만들 수 있으니까.

"그나저나 왜 날 보자고 한 건가?"

"사실은 요즘 안 좋은 소문이 돌아서요."

"안 좋은 소문?"

"아실 텐데요, 정부에서 민간인 사찰하고 있다는 거."

"으음."

유찬성의 얼굴이 딱딱해졌다.

얼마 전 그런 사건이 터졌다.

방송국과 검찰과 경찰, 그리고 국정원까지 현 정권이 자신에게 반대된다고 생각하는 사람들에 대해 무차별적으로 감시하고 사찰하고 있다는 것을 몇몇 기자들이 폭로했다.

"소문이 아니지. 그런데 그건 다 아는 일인데 왜 굳이 말하는 건가?"

"그 이후에 멈춘 게 아니라서요."

"뭐?"

"그들의 입장에서는 차기 대통령 후보가 될 만한 사람에 대한 약점을 잡고 싶지 않겠습니까?"

유찬성의 얼굴이 분노로 부들거렸다.

그럴 만한 사람이야 여럿이 있겠지만 그럼에도 불구하고 자신을 만난 건 자신이 그 대상이라는 소리기 때문이다.

"그게 무슨 소리인가?"

"의원님에 대한 사찰이 진행되고 있는 것 같더군요."

"뭐라고?"

"현 야당의 실세, 차기 대통령에 가장 가까운 남자. 그냥 인터넷에 반대 의견을 올렸다고 일개 대학생까지 사찰하는 현 정부에서 의원님을 가만두겠습니까?"

"하지만 급이 다르잖나."

대학생을 사찰한 것은 어떻게 무마할 수 있을지도 모른다.

하지만 자신을 사찰한다?

그건 발각되면 이만저만 일이 커지는 게 아니다.

"글쎄요. 확신하십니까?"

노형진은 알 듯 모를 듯 한 미소를 지었다.

그걸 본 유찬성은 노형진이 뭔가를 알고 있다는 사실을 알아차렸다.

"뭔가 알고 있군."

"알고 있는 게 아니죠. 보여 드리려고 온 겁니다."

"뭐?"

"제가 왜 서울도 아니고 이렇게 한적한 곳에서 만나 뵙자고 했을까요?"

"아!"

이곳은 사람이 없는 곳이다.

데이트 코스로 유명하기는 하지만, 평일 한낮에 이런 곳까지 데이트하러 오는 사람은 드물기 때문이다.

대부분의 사람들은 일할 시간이고, 이 시간에 여유가 있는 백수들이 오기에는 거리도 멀고 돈도 많이 드는 곳이다.

물론 아예 사람이 없는 건 아니지만 거의 빈 것이나 다름없다.

"과연 여기를 감시하고 있는 사람이 몇 명일까요?"

유찬성은 옆에 있는 경호원에게 눈짓했다.

이에 경호원은 조심스럽게 바깥으로 나가서 주차장 쪽을
바라보았다.

그는 자신이 드러나지 않게 슬쩍 바라보다가 다가와서는
고개를 숙여 유찬성에게 말을 건넸다.

"수상한 차량이 있습니다."

"수상한 차량?"

"네. 주차장에 차를 세워 두고 이쪽을 감시하는데, 남자
두 명이 타고 있습니다."

유찬성의 입에서 뿌드득 소리가 흘러나왔다.

"이 새끼들이 미쳤군."

이 낮에 남자 두 명이 와서 야외 주차장에 차를 대고 있을
이유가 없다.

더군다나 이제 여름이라 한창 더울 때다.

그런데 이 낮에 영업집에 와서, 안으로 들어오는 것도 아
니고 차에서 기다린다?

정상적인 상황은 아니다.

"이놈들이 누군지 어떻게 알지?"

"방법이 있지요. 잠깐 주인 좀 불러 주시겠습니까?"

"네."

잠시 후 주인이 다가왔고, 노형진은 주인에게 조용히 뭔가
를 부탁했다.

주인은 고개를 끄덕거리고 나갔다가 잠시 후 다시 들어왔다.

"경찰이라고 하던데요? 누구를 감시해야 한다나?"

유찬성 의원과 주변 관련자들의 얼굴이 붉어질 대로 붉어졌다.

"뭐라고 했기에 이렇게 쉽게 신분이 드러난 건가?"

"간단합니다. 영업점이니까 차를 빼 달라고 부탁한 거죠."

"아!"

당연한 거다.

자기네 주차장에 차만 대고 밥은 사 먹지 않으면 어떤 주인이라도 나가라고 할 것이다.

그러면 그들은 둘 중 하나를 선택해야 한다.

신분을 밝히고 양해를 구하든가, 아니면 나가든가.

'내가 왜 여기를 골랐는데, 후후후.'

노형진이 이곳을 고른 이유가 사실 하나 더 있다.

이곳에는 야외 주차장밖에 없다. 그러니 주인의 눈에 거슬릴 수밖에 없는 구조다.

더군다나 이곳에 들어오는 길은 외길.

저들은 자신을 감시한다고 생각하고 있겠지만, 도리어 그들이 독 안에 든 쥐였던 것이다.

"만일 서울이나 도심이었다면 몰랐을 테지요."

"그렇겠지."

사람도 많고 차도 많은 곳이니 저런 자들을 구분하지 못했을 것이다.

하지만 이곳은 그렇지 않다. 누가 봐도 이질적이고 누가 봐도 수상한 놈들이다.

"자네가 머리가 좋군."

"좋지요, 후후후."

노형진은 씩 웃었다.

물론 다른 의미에서였다.

'이 핵폭탄을 어찌 받을래?'

저들이 자신을 감시하는 것은 아는 사항이다. 하지만 알 게 뭔가?

저들은 애초에 영장도 없이 감시 중이다. 그러니 자신을 감시 중이라고 해도 증명할 게 없다.

설사 그들이 증명한다고 해도, 민간인을 사찰했다는 것은 확실한 증거가 된다.

더군다나 민간인 사찰 증언이 나온 상황에서 범죄자를 추적한다고 주장해 봐야 사람들이 믿지 않을 테고 말이다.

거기에다 그 대상이 다음 대통령 유력 후보 중 한 명이라면…….

"저 새끼들을 어떻게 하지? 당장 잡아야 하나?"

"그러면 튈 겁니다. 당에 전화해서 사람들을 부르세요. 기자들도 좀 부르고요."

"그게 좋겠군. 아마 우리가 따지면 도망치고는 딱 잡아떼겠지."

"100퍼센트 그럴 겁니다."

"당장 전화해서 당에서 사람 불러. 아는 기자들도 다 부르고. 그리고 여기는 입구가 하나뿐이니까 버스 동원해서 막으라고 해! 아니다. 당에는 내가 전화하지! 바로 기자들 불러!"

분노에 찬 유찬성은 사방에 전화하기 시작했다.

안 그래도 지난번 처제 사건 이후에 복수할 기회만 호시탐탐 노리고 있었는데 제대로 걸렸다는 생각이 들었던 것이다.

'으흐흐.'

노형진은 그걸 보면서 속으로 미소를 지을 뿐이었다.

⚖️

"저 새끼들, 언제 나오는 거야?"

"그러게."

"아니, 사내새끼들이 뭔 이야기가 이렇게 길어?"

"진짜 큰 건인가?"

"그래도 그렇지, 무슨 세 시간이나 이야기를 해? 빨리 이야기하고 헤어지는 게 보통 아니야?"

두 경찰은 두런두런 이야기를 하면서 슬쩍 다시 한 번 가게를 바라보았다.

하지만 변한 게 없었다.

"응?"

"왜?"

"아니, 분위기가 이상해서."

느닷없이 주변으로 차들이 한꺼번에 몰려오기 시작했다.

"퇴근 시간도 아닌데."

"그러게."

아직 데이트를 하는 커플들이 여기에 올 시간이 아니다. 그런데 주변에 차들이 가득했다.

심지어 그들 뒤로 커다란 버스까지 들어왔다.

"단체 손님인가?"

"식당도 아니고 커피숍에 무슨 단체 손님이야? 거기에다 버스가 두 대라고. 저 인원이면 가게에 다 들어가지도 못할 것 같은데?"

어리둥절한 그들.

그런데 버스는 들어오다가 멈춰서는 갑자기 입구를 틀어 막아 버렸다. 그리고 그곳에서 수십여 명의 남자들이 살벌한 분위기로 내려왔다.

이어 먼저 들어온 차량에서 사람들이 분분히 내리기 시작했는데, 그걸 본 경찰들은 등골이 오싹했다.

"이런 씨발."

"뭐야, 저거?"

그들의 손에 들려 있는 카메라와 녹음기.

그것을 통해 그들이 기자임을 알아차리는 것은 어려운 일이 아니었다.

그런데 그들은 이쪽으로 오고 있었다.

"야, 틀어진 것 같다. 튀자."

"씨발, 어디로?"

입구는 하나뿐이다.

다른 쪽은 벽이다. 그리고 그 벽 너머는 작은 개울이라, 차가 뛰어넘을 수 있는 구조가 아니었다.

그들이 우왕좌왕하는 사이 건장한 사내들이 다가와서 창문을 두들겼다.

"뭐야, 씨발. 감시하는 거 알고 조직을 동원한 건가?"

"야, 이 병신 새끼야! 그럴 거면 왜 기자를 불러!"

일이 틀어진 그들은 언성을 높였지만 이미 방법은 없었다.

대답이 없자 더 강하게 창문을 두들기는 남자.

두 경찰은 어쩔 수 없이 창문을 조금 내리고 그를 바라봤다.

"뭡니까?"

"너희들 뭐야?"

"경찰입니다. 수사 중이니까 방해하지 말고 가세요."

"수사? 이 새끼들 봐라? 너 지금 유찬성 의원을 왜 수사하는데?"

"유찬성 의원?"

"그래. 지금 유 의원님 사찰하는 거 아냐?"

그들은 아차 싶었다.

설마 지금 안에 유찬성 의원이 있을 거라고는 생각도 못 했던 것이다.

"그건 아닙니다. 저희는 그저…….."

"내려."

"뭐라고요?"

"내려. 일단 내려!"

당에서 나온 사람들은 좋게 말할 수가 없었다.

안 그래도 지난번 사찰 대상이 워낙 폭넓어서 도대체 얼마나 사찰당한 건지 감도 잡지 못할 지경이었는데 그걸 걸렸음에도 불구하고 뻔뻔하게 현직 국회의원, 그것도 현 야당의 거두를 사찰할 줄은 몰랐던 것이다.

"진짜로 사찰한 건가요?"

"누구의 지시입니까?"

"야당 의원 전부에 대한 사찰이 진행 중인 건가요?"

기자들은 기다렸다는 듯 질문을 쏟아붓기 시작했고, 경찰들은 당황했다.

자신들이 감당할 수 있는 수준의 일이 아니라는 것을 그제야 알아차린 것이다.

"창문 닫아! 어서!"

"이봐요!"

"내려! 야, 안 내려?"

"질문에 답변해 주세요!"

"정부에서 여전히 민간인 사찰을 벌이고 있는 겁니까!"

분노한 사람들과 수많은 질문 속에서 그들이 할 수 있는 것은 하나뿐이었다.

"씨발, 어쩌지?"

"어쩌긴. 당장 보고해야지."

다른 형사는 한숨을 쉬면서 고개를 푹 숙였다.

⚖

보고를 받고 온 상관은 당황했다.

보고받았던 것보다 더 숫자가 늘어난 것이다.

"뭐 이렇게 사람이 많아?"

"소식을 들은 지지자들이 몰려들었답니다. 다른 언론사의 기자들도요."

"이런……."

과장은 얼굴이 사색이 되었다.

'망할 서장 새끼.'

자세한 이야기는 해 주지도 않고 가서 일단 경찰들을 빼 오라고만 했는데, 이건 빼 줄 수 있는 상황이 아니지 않은가?

주변이 온통 사람과 차량으로 꽉 차 있는데.

"진짜로 경찰력을 동원해서 민간인 사찰을 한 건가요?"

"검찰도 관련된 겁니까?"

"명령권자가 누구입니까?"

기자들의 질문에 그는 질색했지만 입을 다무는 것 말고는 할 게 없었다.

그러자 누군가가 아주 대놓고 예민한 질문을 던졌다.

"차기 대선 후보로 유력시되는 정치인을 사찰하는 게 큰 문제인 것은 아시죠?"

"그건……."

과장은 머리가 텅 비는 기분이었다.

이대로 그냥 두면 일이 일파만파 커질 게 뻔했다.

"아닙니다. 아니에요. 저희는 그분을 감시한 게 아닙니다."

"그러면 누구를 감시한 겁니까? 다른 분들은 다 떠나셨는데요."

"저희는…… 노형진이라는 변호사를 감시한 겁니다."

그는 다급하게 말했다.

그럴 수밖에 없는 게, 과장쯤 되면 정치적 감각이 없을 수가 없다. 그리고 여기서 입을 잘못 놀리면 모조리 모가지가 날아간다는 것을 모를 수가 없었다.

하지만 상대방은 노형진이었다.

"왜요?"

사람들을 헤치면서 앞으로 나온 노형진은 그를 바라보면서 물었다.

"누구십니까?"

사람들이 비켜 주자 상대방이 높은 사람이라 생각한 그는 되물었다.

바로 그것이 실수였다.

애초에 노형진은 그걸 노리고 미리 비켜 달라고 말해 둔 것이고.

"감시 대상이라면서 얼굴도 모르면 어쩝니까?"

"허억!"

"얼굴도 모르는데 어떻게 감시했어요?"

기자들은 대번에 의심의 시선으로 과장을 바라보았다.

사실 과장이 노형진의 얼굴을 모르는 것은 어찌 보면 당연하다. 실무자가 아니니까.

하지만 기자들의 입장에서는 감시 대상도 모르면서 감시한다는 게 이해가 가지 않았던 것이다.

"뭐, 그건 그렇다고 치고, 나는 왜 감시한 겁니까?"

"그건……."

"저한테 영장 떨어진 거 있습니까?"

없다. 그랬으면 벌써 수색했을 것이다.

"그러면 저한테 범죄 혐의가 있습니까?"

"그게, 아직……."

"아직이라는 건 없다는 거네요. 그러면 제가 감시받아야 하는 어떠한 이유라도 있습니까?"

있을 리 없다.

그냥 이만창이 배알이 꼴려서 뭐 하나 꼬투리라도 잡으려고 물어뜯은 것뿐이니까.

"……."

"영장도 없고, 혐의도 없고, 제 얼굴도 모르고. 그러면서 절 감시해요?"

"……."

할 말이 없다.

노형진은 그런 그를 보면서 속으로 웃었다.

자신이 노린 대로 흘러가고 있으니까.

'이쯤에서 쐐기를 한번 박아 줄까?'

노형진은 그 과장에게 다가갔다.

"그런 걸 뭐라고 하는지 아십니까? 그런 걸 민간인 사찰이라고 하지요."

"그, 그게…… 아니, 민간인 사찰이 아니라……."

"그러면 이유가 있던가요?"

"……."

"그리고 민간인 사찰이라고 한다면, 저보다는 유찬성 의원님을 사찰할 가능성이 더 높다고 보는데요."

"……."

"그리고 아까 이상한 게 있었는데."

노형진은 기자들을 바라보면서 입을 열었다.

"제가 유찬성 의원님과 약속을 잡은 건 엊그저께 밤이었습니다. 제가 개인적으로 알고 있는 그분 개인 전화번호로 전화를 해서 비밀리에 약속을 잡았지요. 그리고 몇 번이나 비밀리에 나오시라고 확답받았습니다. 안 그렇습니까, 유 의원님?"

"맞네. 비밀리에 나오라고 자네가 몇 번이나 말했지."

사람들 뒤에서 고개를 끄덕거리는 유찬성 의원.

그가 등장하자 과장은 차라리 죽었으면 하는 생각이 들었다.

이 뒤에 벌어질 끔찍한 정치적 피바람이 눈에 선했던 것이다.

"그런데 어떻게 제 이름을 아셨을까요? 그러면서 정작 제 얼굴도 모르고, 혐의나 영장도 없고."

"……."

"혹시 도청하는 거 아닙니까? 그거 말고는 방법이 없어 보이는데요."

유찬성 의원의 얼굴에서는 처음에는 당혹감이, 그 후에는 엄청난 분노가 뿜어져 나왔다.

그럴 수밖에 없는 게, 단순히 따라다니는 것과 자신을 조직적으로 도청, 감청하는 것은 전혀 다른 문제의 일이기 때문이다.

"당장 말하지 못해!"

"전 모릅니다."

"이게 사실인가요!"

"조직적 도감청이 벌어지고 있다니…… 그게 사실입니까?"

기자들은 엄청난 떡밥에 환호했고, 과장은 경찰을 데리고 나가기는커녕 고개를 푹 숙인 채로 입을 다물 수밖에 없었다.

　야당은 난리가 났다.
　노형진의 말이 사실이라면 감청이나 도청 말고는 다른 이유가 없기 때문이다.
　결국 과장은 사람들을 빼 가기는커녕 똑같이 갇혀 버렸고, 경찰에서는 전경 중대를 동원해서 강제로 빼 가야만 했다.
　물론 그 과정에서 적잖은 잡음이 있었지만 노형진이 나서서 계속 데리고 있어 봐야 의미가 없다고 설득해서 간신히 돌아갈 수 있었다.
　하지만 언론에 그 장면이 모조리 나가면서, 경찰은 뭐라고 변명할 수조차 없는 상황이 되어 버렸다.
　불행히도 노형진이 준비한 것은 그것만이 아니었다.
　"없습니다."
　"없어?"
　"네."
　사무실 안쪽을 검사한 도청 전문가의 말에 유찬성은 고개를 갸웃했다.
　"그러면 어떻게 감청한 거지?"
　"글쎄요."

분명히 노형진에 대해 알고 있었고, 그래서 감청한 거라 확신했는데 말이다.

　노형진 역시 그 부분을 알고 있었다.

　"혹시 작동하지 않는 건 아닐까요?"

　"그게 무슨 말인가?"

　"어디서 들었는데, 배터리라는 게 영원한 건 아니잖습니까? 그래서 원격으로 켜고 끌 수 있는 장비가 있다고 하던데요."

　"그런가?"

　전문가를 바라보는 유찬성.

　그러자 그는 고개를 끄덕거렸다.

　"확실히 그런 게 있습니다."

　"그러면 그런 것도 잡아낼 수 있나?"

　전문가는 고개를 흔들었다.

　"꺼져 있다면 못 잡습니다. 이건 거기에서 나오는 미약한 전파를 잡아내는 거라서요."

　즉, 발신 중이 아니라면 잡아낼 방법이 없다는 것이다.

　"이미 언론에 나가고 저들도 알아차렸는데 계속 작동시킬 이유가 없지 않습니까? 그리고 제가 알기로는 주기적으로 도청을 확인하지 않았습니까?"

　"그건 그렇지."

　그때도 마찬가지로 저렇게 기계로 주변을 스윽 살피는 방식이었다. 그러나 그때도 안 걸렸다.

"도청 확인을 하는 걸 뻔하게 아는데 작동시키고 있을 리 없지 않습니까?"

"그러면?"

"이 잡듯이 뒤져 봐야지요."

눈을 찌푸리는 유찬성.

"어느 틈에?"

"이런 일의 전문가가 있지요."

"누구?"

"후후후."

그 전문가는 다름 아닌 가정부들이었다.

그들은 꼼꼼하게 청소해 달라고 하면 보이는 곳뿐만 아니라 면봉을 이용해서 작은 틈 하나까지 다 청소해 주기 때문이다.

아니나다를까 그들을 부르자, 그들은 사람들이 신경 쓰지 않는 세밀한 곳까지 다 청소해 줬다.

그리고 그 청소 결과, 눈앞에 보이는 작은 물체 두 개.

"이이익……!"

"맞습니다. 원격으로 전원을 넣을 수 있는 모델이네요."

도청 방지 전문가는 고개를 끄덕거렸다.

"작동은 하지 않고 있습니다."

'할 리 없지.'

할 리 없다. 애초에 작동되지 않는 물건이니까.

노형진이 은밀하게 구한, 뒤를 추적할 수 없는 물건이다.

애초에 모양만 같을 뿐 진짜도 아니다.

'하지만 중요한 건 그게 아니지.'

저게 나왔다는 것. 그게 중요했다.

사실 이걸 심은 건 노형진이었다.

심었다기보다는, 다른 사람들이 도청 전문가가 검사하는 데 신경을 쓰는 사이에 잘 보이지 않는 틈에 슬쩍 찔러 넣은 것뿐이다.

지문도 나오지 않을 테고, 추적해 봐야 모델 번호고 뭐고 없는 가짜이니 자신이 걸릴 것도 없다.

어차피 작동시킬 것도 아니니까.

"이게…… 진짜인가?"

"네."

물론 경찰에 조사를 맡기면 작동되지 않는 가짜라는 사실을 알아차릴 것이다.

하지만 과연 이들이 경찰을 믿을까? 사찰의 주체가 바로 경찰인데?

"후우."

분노에 부들부들 떨던 유찬성은 소파에 털썩 주저앉았다.

"도대체 어떤 놈이기에……."

"경찰들 말로는 이만창이라는 검사랍니다."

"검사?"

"네."

"처음 들어 보는데, 직급이?"

"평검사입니다."

"뭐?"

고작 평검사가 자신을 사찰했다는 사실에 유찬성은 어이가 없었다.

"참 만만해 보이시나 봅니다. 평검사를 이용해서 사찰을 다 시키고."

노형진은 씩 웃었지만 사찰에 모욕까지 당했다고 생각한 유찬성은 분노로 부들부들 떨 수밖에 없었다.

⚖

"이 새끼야! 무슨 짓을 저지른 거야!"

"아닙니다! 오해입니다, 오해!"

이만창은 오해라고, 억울하다고 외치고 있었다.

하지만 빼도 박도 못할 증거가 나왔다.

"경찰에서 말해 줬잖습니까! 전 유찬성 의원이 아니라 노형진을 감시한 거라고요!"

"씨발, 누가 그걸 몰라! 그런데 누가 그걸 믿겠냐고!"

부장검사는 죽을 맛이었다.

당장 야당 의원들은 매일같이 와서 항의하고 고소하고 수사하고 국정조사해야 한다고 게거품을 물고 있있다.

당연히 여당 의원들은 조작이라는 둥 말도 안 된다는 둥 실드를 치고 있었지만, 한번 전적이 있었던 탓에 국민들이 그 말을 믿지 않는다는 것이 문제였다.

"그러면 제대로 절차라도 밟든가!"

"그건……."

제대로 절차를 밟지 않은 것이 화근이었다.

하지만 이건 애초에 절차를 밟는 게 불가능한 일이었다.

노형진의 말대로 아무런 혐의점이나 영장도 없이 사람을 조사하는 것은 명백하게 사찰이기 때문이다.

"이 새끼야! 어느 쪽으로든 사찰 아냐!"

"사찰은 아니고 인지수사……."

빠각.

결국 분노를 참지 못한 부장은 물건을 있는 대로 집어 던지기 시작했다.

"야, 이 새끼야! 인지수사가 뭔지 몰라? 어! 용의점이 있어야 인지수사지! 아무것도 없잖아? 아니, 애초에 새론의 이사쯤 되는 사람을 인지수사를 한다고? 이 새끼가 지금 미쳤냐! 어! 위에서 압력이 얼마나 내려오는지 알아!"

"……."

"당이 얼마나 난리가 났는지 알아! 하려면 제대로 하든가!"

"죄송합니다."

할 말이 없어 고개만 조아리며, 이만창은 입술을 깨물었다.

이런 경우 답은 이미 정해져 있다.

뇌물이나 사건 조작 같은 거라면 어떻게 덮어 보기라도 하겠는데, 자신의 실수로 현 정권에 어마어마한 부담을 줬다.

그렇다면 자신의 미래는 결정된 것이나 마찬가지.

"책임지고 사표 쓰겠습니다."

그는 나름 얄팍하게 머리를 썼다.

하지만 부장검사는 희미하게 미소를 떠올렸다.

하지만 그 꼬리는 명백하게 한쪽으로 올라가 있었다.

"지랄한다."

"네?"

"이 새끼야, 이게 고작 너 하나 사표로 끝나는 일인 줄 알아? 지금 검찰총장이 야당 대표한테 끌려가서 무릎이라도 꿇어야 하는 판국인데?"

"……."

"네가 사표 내 봐야 소용 없다."

이만창은 입술을 깨물었다.

이런 경우는 많이 봐 왔기 때문이다.

모든 책임은 자신에게 씌워질 것이다.

부정해 봐야 소용이 없으니, 아마도 자신이 과도한 충성심으로 저지른 일이 될 것이다.

그리고 그 모든 책임을 지고 자신이 처벌받을 것이다.

그게 무엇을 뜻하는지 깨달은 순간, 이만창에게 공포가 밀려왔다.

"부장님, 한 번만 봐주십시오! 제발!"

"지금 이게 봐줄 수 있는 일이라고 생각하나?"

　명령을 받은 것도 아니고 혼자서 설레발치다가 사고를 쳤으니 누구도 그를 보호해 주지 않는다.

　더군다나 고위급 관리도 아니고 고작 평검사가 대한민국을 뒤흔들 정도의 사고를 친 것이니, 그가 어떤 꼴을 당할지는 뻔하다.

"저, 감옥에 가면 죽습니다."

"알면서 사고를 쳐?"

　검사는 범죄자들의 증오의 대상이다.

　그래서 감옥에 가면 숱하게 린치와 괴롭힘을 당한다.

　지금까지 성공한 인생을 살면서 고통이라고는 당해 본 적이 없는 그가 버틸 수 있는 일이 아니다.

"부장님! 한 번만! 제발 한 번만 살려 주세요! 시키는 건 뭐든 하겠습니다."

"이 새끼가 정말! 네가 할 수 있는 건 없다고!"

"부장님, 한 번만! 한 번만…… 아니, 다 필요 없습니다. 교도소에만 보내지 말아 주십시오! 저, 가면 죽습니다."

"그럴 각오도 안 되어 있는 새끼가 이런 사고를 쳐? 야! 바깥에 누구 없어? 이 새끼 끌어내!"

문이 열리면서 들어오는 건장한 수사관들.

"끌어내. 오늘부터 이 새끼 근신이니까 청사 바깥으로 던져 버려."

"부장님!"

말이 근신이지 결국 처벌이 나올 때까지 대기하라는 뜻이다.

이만창은 처절하게 비명을 지르면서 바깥으로 끌려 나갔다.

하지만 누구도 그를 도와주지 않았다. 혹시나 그와 엮이기라도 할까 봐 눈을 피할 뿐이었다.

그가 그렇게 자랑스러워하던 과학고 출신의 검사들 역시 그를 한심스럽다는 표정으로 바라볼 뿐이었다.

⚖️

"이세창 선배, 학교에 휴학계 냈더라."

"그래?"

노형진은 서세영의 말에 느긋하게 웃었다.

"왜?"

"몰라. 그런데 완전히 얼굴이 사색이 되었던데? 일단은 휴학계를 내기는 했는데, 말로는 아예 학교에 못 나온다는 이야기도 있고."

"흠."

아마도 집안이 풍지박산이 났을 것이다.

그의 부탁으로 이만창의 인생이 그렇게 박살이 날 줄은 몰랐을 테니까.

결국 모든 책임을 진 이만창에 대한 감사와 수사가 진행되었고, 그가 저지른 많은 범죄들이 드러나기 시작했다.

그리고 그걸 부탁했던 이세창은 집안에서 내놓은 자식이 되어 버렸을 테고.

"이제 왕따는 안 당해?"

"왕따는 무슨. 뭐, 이제 출신 고등학교로 싸우지는 않아. 마치 마법 같다니까."

"그래? 다행이네. 내가 가서 강연한 게 잘 먹혔나 보네."

물론 그게 먹힌 것도 있다.

하지만 결정적으로 고등학교 부심이 사회에서는 아무런 의미가 없다는 것을 이세창과 이만창이 온몸으로 보여 준 덕분에 다들 입을 다문 것이다.

그렇게 과학고 출신에 가문이니 머리 좋다고 하던 놈들이 순식간에 감옥으로 끌려가고 집안이 박살이 났으니 말이다.

"이제 그런 놈이 없기를 바라야겠네."

"오빠가 무슨 짓 한 거 아니지?"

"무슨 짓?"

"고발한다거나 압력을 넣었다거나."

"전혀. 난 말만 했어."

"진짜?"

"진짜라니까. 난 말만 했어."

물론 말만 하기는 했다.

하지만 때로는 칼보다 세 치 혀가 더 무서운 법이라는 것을 노형진은 확실하게 보여 주었다.

"그럼, 난 말만 했다니까."

"더 수상해. 왜 그 말을 자꾸 강조하는 거야?"

노형진은 그저 웃을 뿐이었다.

뿌리 없는 나무는 바람에 쓰러진다

"현재 재산이 20조를 넘었습니다. 축하드립니다."

로버트는 감격스럽다는 듯 말했고 노형진은 머리를 긁었다.

"끝내주네요."

금값이 최고점을 찍는 시기는 2011년 6월쯤부터였다.

그때부터 노형진이 가진 금을 조금씩 팔기 시작해서 최종적으로 판매가 모두 끝난 것이다.

"이렇게 많이 뛸 줄은 몰랐는데."

몰랐을 리 없다. 그냥 입에 발린 소리일 뿐.

"2만 원에서 7만 원에 육박하는 돈이 되었으니까요. 이렇게까지 오를 줄은 누구도 몰랐죠."

"네."

가진 금을 한꺼번에 모조리 풀면 금값이 떨어질 걸 걱정한 노형진은 무려 1년에 걸쳐서 조금씩 가진 금을 팔았고, 그 결과 무려 세 배 이상의 수익률을 낸 것이다.

거기에다 그동안 투자한 기업들이 성장하고 성공한 영화마다 투자하는 등, 미래에 알고 있던 기본적인 투자 정보만으로도 엄청난 수익을 내고 있었다.

"현물 자산을 기준으로 한 거죠?"

"네, 현물을 기준으로 한 겁니다. 가지고 있는 주식이나 비트코인 등은 배제한 액수입니다."

"흠, 비트코인은 어때요?"

"슬슬 가격이 오르기 시작했습니다."

"일단은 그냥 두세요."

"그러지요."

노형진의 말에 로버트는 더 묻지 않았다.

그가 투자하면 오른다. 그게 진실이고 지금까지 드러난 것이니까.

'비트코인이 몇 배가 오르더라? 이백 배였나?'

사실 노형진은 비트코인을 긁어모을까 했다. 하지만 계획을 바꾸었다.

유통량이 모두 수중에 들어오면 도리어 유통이 안 되어서 비트코인 가격이 오르지 않기 때문이다.

그래서 비트코인을 긁어모으는 대신에 채굴하는 쪽으로

방향을 바꾸었다.

슈퍼컴퓨터와 온갖 장비로 채굴하기 시작하자 아직 채굴 난이도가 낮은 비트코인은 엄청나게 쏟아져 나왔다.

'그것만 해도, 어휴……'

노형진은 자신도 모르게 고개를 흔들었다.

어쩌면 역사상 가장 큰 부자가 될지도 모른다는 생각이 들었던 것이다.

'뭐, 상관없지.'

돈이 있다는 것은 힘이 있다는 것이다.

그리고 힘이 있다는 것은 자신이 위험한 짓을 해도 된다는 뜻이고.

"슬슬 움직여도 될 것 같네요."

"슬슬 움직이다니요?"

"아닙니다. 개인적으로 생각한 게 좀 있어서요."

노형진은 씩 웃었다.

"당분간은 중국에 투자하세요."

"네? 중국요?"

"네. 중국은 어느 정도까지는 성장하는 용입니다."

"어느 정도까지는……요?"

"태생적인 한계 때문에 일정 이상은 성장 못 해요."

극단적 불평등, 일당독재, 그리고 외국계 기업에 대한 갑질.

그러한 것들 때문에 중국은 결국 세계 1등이 되지는 못한다.

'하지만 1등이 되지 못한다는 것과 돈이 되는 건 다른 일이지.'

어찌 되었건 당분간은 투자할 만하다.

"그리고 인재양성재단을 인도 쪽으로 확장시키는 건 어떻게 되었습니까?"

"말씀하신 대로입니다. 재능을 가진 사람들이 넘쳐 나더군요."

"당연하지요. 중국과 인도는 비슷하면서도 다르니까요."

중국은 공산당의 일당독재 때문에 성장하지 못하며 거기서 빠져나갈 방법이 없다.

그렇지만 인도는 카스트제도 때문에 성장하지 못하는 것이기에 빠져나오는 게 간단하다. 인도만 떠나면 되는 것이다.

실제로 미국의 많은 IT 기술자들이 인도 출신이다.

"그런 면에서는 중국도 나쁘지 않지 않습니까?"

"중국인들은 배신자 기질이 강합니다."

"네?"

"로버트 씨는 잘 모르실 겁니다. 그들은 절대적으로 돈만 따라다닙니다."

"그게 나쁜 건가요? 저희도 그렇습니다만."

그건 나쁜 게 아니다. 자본주의의 속성이다.

그리고 자본주의를 따르는 미국에서 그건 나쁜 게 아니다.

"그건 나쁜 게 아니지요. 문제는, 그들은 의리를 모른다는 겁니다."

"의리?"

"아니, 의리라고 표현하는 것도 우습군요. 그들은 계약을 안 지킵니다."

로버트는 눈을 찌푸렸다.

그건 자본주의국가에서 절대로 해서는 안 되는 일이다. 그랬다가는 매장당하기 때문이다.

"그래서 중국이 1등이 되지 못하는 겁니다. 그들은 계약을 안 지키니까요. 그게 중요하지 않은 공산주의 국가입니다."

"아! 그렇군요."

"네."

어떤 사업적 약속을 해도 지키지 않으면 그만이다.

중국에다가 고발해도, 중국 정부는 절대적으로 자국민 편을 든다.

심지어 사소한 분쟁만 가지고도 중국 정부는 해당 국가를 중국에서 쫓아내며 자신들의 힘을 자랑한다.

기본적으로 자본주의에서 믿음이 얼마나 중요한 요소인지 모르기 때문이다.

"중국의 별명이 뭔지 아십니까?"

"세계의 공장 아닙니까?"

"그렇지요. 하지만 공장은 공장일 뿐입니다. 고부가가치 산업을 하는 데에는 적당하지 않지요."

"음……."

"그리고 공장은 옮기는 것도 좋지요. 인도에 투자하세요."

"인도요?"

"네. 인도에 싼 땅을 사서 대단위 IT 단지를 만들 겁니다."

"IT 단지라고 하시면?"

"게임을 만들 겁니다."

"게임요?"

"네."

사람들은 게임을 무시한다.

하지만 게임 하나만 잘 만들면 어지간한 대기업보다 돈을 더 많이 벌 수 있다.

'인도는 인건비가 싸다. 그리고 IT 전문가도 많지.'

한국의 실력 있는 스토리 작가와 기획자만 데리고 갈 수 있다면 매년 어마어마한 대작들을 만들어 낼 수 있다.

"게임은 땅을 크게 먹지 않습니다. 결국 인건비의 문제가 가장 크지요."

"음…… 게임이라……."

"게임뿐만이 아닙니다. 영화에 들어가는 그래픽 같은 경우는 IT이기는 하지만 결국 노가다성이 포함되지요. 인도에서 그걸 한다면 얼마나 많은 수익이 날까요?"

로버트는 침을 꿀꺽 삼켰다.

'확실히…….'

미국에서 대작 영화 하나 만들 경우 제작비의 절반이 CG

에 들어간다고 한다.

그런데 인도에서 한다면?

10분의 1 이상 줄일 수 있다.

"웃긴 일 아닙니까? 미국에서 인도 하면 떠오르는 농담이 IT인데, 정작 인도에는 아무것도 없어요."

인건비도 싸고 발전 가능성이 높은 땅인데, 정작 중국에 밀려서 그다지 투자가 되지 않는 땅이다.

"왜 그렇지요?"

"소비가 늘어날 가능성이 낮으니까요."

인도에서 카스트제도는 법보다 절대적인 힘을 가지고 있다. 그래서 아래에 있는 대다수의 하층민이 성공할 수 없다.

성공할 수 없다는 것은 돈이 없다는 뜻이니, 당연히 시장의 확장 가능성이 거의 제로에 가깝다.

"하지만 전 다르게 생각합니다. 일정 지역을 특화시켜서 그곳에서 IT 산업을 하면 어마어마한 돈을 벌어들일 수 있을 겁니다. 인건비는 낮고 퀼리티는 높죠. 인원이 부족하면 더 투입하면 그만이니까."

"하지만 중국처럼 배신하면요?"

중국인들이 기술을 배워서 중국으로 가 버리는 것은 딱히 비밀도 아니다.

노형진이 아까 말한 대로, 그들은 계약을 휴지 조각처럼 아는 성향이 강하기 때문이다.

거기에다 중국으로 돌아가면 나라에서 알아서 보호해 준다.

"제가 왜 인재 양성을 불가촉천민들 사이에서 하라고 했을까요?"

"그건…… 아……."

인도에서 법적으로 신분제가 인정되지 않는다고 하지만 현실은 아니다.

그들은 배움의 기회도 없고, 성장의 기회를 잡는 것도 거의 불가능하다.

"배신하지 못하겠군요, 신분제 때문에."

"네."

중국은 성장하려고 하고 있고 딱히 신분제가 없다. 엄밀하게 말하면 권력과 돈이 신분이다.

하지만 인도는 아니다.

"진짜 성공한 게 아닌 불가촉천민이라면 미래에 대한 대책이 없지요."

"배신하지 못하겠군요."

"네."

그곳을 그만두고 나간다고 한들 인도 내에서 그의 신분은 불가촉천민일 뿐이다. 그러니 취업이 쉬운 게 아니다.

신분에 따라 가질 수 있는 직업이 한정되어 있으니까.

해외에 진출하자니 그 정도 방해하는 것은 노형진에게 일도 아니거니와, 해외에서도 어지간한 실력자 아니면 자국민

보호를 위해 자국민을 우선 채용할 것이다.

"제가 간단한 문제를 하나 낼까요?"

"어떤 문제요?"

"영화를 가장 많이 만드는 나라는 어디일까요?"

"어? 당연히 미국 아닙니까?"

"틀렸습니다. 인도입니다."

"네?"

로버트는 깜짝 놀랐다.

인도가 그렇게 많은 영화를 만들 줄은 몰랐기 때문이다.

"인도 영화를 '발리우드'라고 하지요."

인도인들은 영화를 너무 좋아한다.

그런데 인도의 영화계는 체계가 잡혀 있지 않아서 소규모가 너무 많고, 또 인도 특유의 춤이 들어가야 하는 감성 때문에 해외 진출이 쉽지 않다.

"하지만 영화 자체는 엄청나게 많아요. 그들이 CG를 쓴다면, 그리고 그 시장을 우리가 먹는다면 어떻게 될까요?"

인도의 발리우드 영화도 점점 규모가 커지고 해외 진출을 많이 하고 있다.

절대로 무시할 만한 게 아니다.

"거기에다 인간의 성장은 절박할 때 제일 빠르죠."

"절박하다고요?"

"네. 한국에 한때 복싱 세계 챔피언이 많았지요. 아시나요?"

"아, 압니다."

"그런데 지금은 왜 없을까요?"

"글쎄요."

"절박함이 없으니까요. 뭐, 이 시대가 절박함으로 싸워서 이길 수 있는 시대도 아니기는 하지만."

그 당시 한국의 복싱 챔피언들에게 복싱은 스포츠가 아니라 생존 그 자체였다.

목숨을 걸고 했고, 실제로 시합 중에 죽은 사람도 있었다.

그 때문에 세계 복싱의 룰이 바뀔 정도였다.

"인도 카스트제도 최하위인 불가촉천민들을 가르칠 수 있다면, 그들은 목숨을 걸고 배울 겁니다. 그건 '불가시천민'도 마찬가지고요."

"불가시천민?"

"불가촉천민인 달리트보다 더 아래에 있는 사람들이지요."

"그런 게 있습니까?"

"네. 사람들은 카스트제도가 4단계라고 생각하지만 사실 그 안에 들어가 보면 수천 계급으로 나뉘지요. 불가시천민은 그중 최하위라고 할 수 있습니다."

"도대체 얼마나 아래이기에?"

"쳐다보는 것조차도 부정하다고 하죠. 그래서 그들은 방울을 달고 다녀야 합니다. 자신이 여기에 있음을 알리고 혹시나 자신을 보게 되는 사태를 방지하기 위해서요. 뭐, 지금은 그렇지는 않겠지만."

"헐."

미국의 노예들도 그 지경은 아니었기 때문에 로버트는 눈을 찌푸렸다.

"그들은 그냥 평범한 삶을 살게만 해 준다면 뭐든 다 할 겁니다."

"그렇겠군요. 교육 기간이 오래 걸리기는 하겠지만."

"하지만 돈은 별로 안 들죠. 그리고 절박함이 다르니 배우는 속도도 남다를 겁니다."

평범한 사람이라 할지라도 몇 년 안에는 프로그래머가 될 수 있을 테고, 천재라면 아마도 어마어마한 돈을 벌어 줄 것이다.

"전 인간의 가치를 믿고 투자하는 겁니다."

"인도라······. 알겠습니다. 진행하지요."

노형진의 말에 로버트는 고개를 끄덕거렸다.

노형진의 말대로라면 그들은 절대 회사를 떠나지 못한다.

나가는 순간 만지는 것도 쳐다보는 것도 부정하다고 취급받는 나라에서, 그 회사와 회사에서 확보해 준 동네를 떠나려고 하겠는가?

'실력이 좋은 사람을 무한정 부려 먹을 수 있다······. 무섭군.'

아마도 몇 년 안에 세계 각국의 프로그램이나 CG는 인도에서 하게 될지도 모른다.

"그나저나 그 전에 할 게 있네요."

"할 거요?"

"네."

"어떤 걸 말씀하시는 건지 모르겠습니다."

"아, 조만간 크게 전쟁을 해야 할 겁니다."

로버트의 얼굴이 딱딱하게 굳었다.

"자네, 진심인가?"

송정한은 딱딱하게 굳은 얼굴로 물었다.

"네. 이제 슬슬 공격을 시작해도 될 것 같습니다."

"하지만⋯⋯."

"압니다. 한창 권력이 강할 때죠. 그렇기 때문에 지금 시작해야 합니다."

"뭐? 어째서?"

"지금 공격을 시작해야 다음 대선에서 다른 사람을 뽑을 수 있습니다."

송정한은 갸웃했다.

"설마⋯⋯."

"설마가 아니지요."

노형진은 씁쓸하게 말했다.

다음 대선에서 그가 밀어주는 후보가 권력을 잡는 바람에 나라가 개판이 되었다.

"하지만 지금 나라가 얼마나 개판인데?"

그래서 이때만 해도 차기 정권은 현 야당에 넘어갈 거라는 관망이 대세였다.

"뭐…… 그런 게 있습니다."

노형진은 차마 말하지 못했다.

현 정부에서 정권을 유지하기 위해 온갖 조작질을 한 걸 아직 다들 모르니까.

"하여간 지금이 아니면 공격을 못 합니다. 지금이 최고라는 것은, 이제 떨어지는 일만 남았다는 거니까요."

"틀린 말은 아닌데……."

앞으로 임기는 반년가량 남은 상태.

그 정도면 슬슬 소위 말하는 레임덕이 오기 시작한다.

그러니 권력의 힘이 빠질 수밖에 없다.

"지금 공격해서 차기 정권을 못 잡게 하겠다 이건가?"

"네. 구경만 할 수는 없으니까요."

"흠……."

송정한은 걱정스러운 표정이 되었다.

"걱정하지 마세요. 일단 새론이 드러나는 건 아닙니다. 공식적으로 마이스터의 첫 번째 목표는 팔각수입니다."

"팔각수 말인가? 최재철이 아니고?"

"팔각수와 최재철은 한 몸입니다. 사실 현재 팔각수는 최재철이 살려 주고 있는 상황이지요. 그러니 팔각수를 무너트리면 최재철은 자금 흐름에 상당한 영향을 받을 겁니다."

"하긴, 그렇겠지."

최재철의 막대한 뇌물과 횡령된 자금을 세탁해 주는 것이 바로 팔각수다.

그런 팔각수는 노형진의 함정에 빠져서 상당히 다급한 상황이다.

방사능 아파트와 방사능 보 때문에 그걸 철거하고 재건축하는 데 엄청난 돈이 들어가서 그걸 메꾸기 위해 최재철의 힘으로 대출을 알선했는데, 노형진이 그걸 방해했기 때문이다.

결과적으로 팔각수는 상당히 위태위태한 상황이었다.

"그곳을 무너트릴 겁니다."

"모를 수가 없겠군."

"네. 그래서 미리 말씀드리는 겁니다."

아무리 노형진과 새론이 조용히 움직인다고 해도 최재철이 팔각수가 무너지게 가만둘 리 없다.

즉, 팔각수가 무너진다는 것 자체가 뒤에 누군가가 있다는 걸 확신시켜 주는 행동이다.

"흔들릴까?"

"흔들리게 만들어야지요. 팔각수가 망하게 되면 그자들이

곱게 죽지는 않을 겁니다."

"그걸 노리는 거군."

"네."

그들은 살기 위해 절대적인 비밀을 쥐고 최재철을 뒤흔들 것이 뻔하다.

그리고 그때 최재철이 실수하기를 노리자는 것.

"그러면 어떻게 하려고 하는 건가? 사실 팔각수가 아무리 상대적으로 작은 곳이라고 하지만 작은 기업은 아닐세."

더군다나 이번에는 대룡의 도움 없이 해야 한다. 그러니 방법이 마땅하게 보이지 않는 것이 사실이다.

"당장 망하게 하려는 건 아닙니다. 하지만 최재철을 쥐고 흔들게 해야 합니다."

"좋은 방법이기는 하지."

침몰하는 배에서 살겠다고 아군을 붙잡고 협박하는 놈을 좋아하는 사람은 없다.

하지만 팔각수의 입장에서는, 망할 게 뻔한 상황에서 절대적 권력을 가지고 있는 최재철의 결정적 약점을 쥐고 있다면 당연히 가만둘 리 없고.

"완전히 틀어지겠군."

"네."

제대로 틀어지게 할 수만 있다면 팔각수는 최재철이 무너지게 할 것이다.

"문제는 그 정도의 위기를 어떻게 불러오느냐는 건데."

팔각수의 사정은 좋지 않았다.

어느 정도냐면, 자본 대비 부채 비율이 벌써 400퍼센트를 넘었다.

그 정도면 사실상 식물기업이나 마찬가지다.

거기에다가 소문으로는 직원들에게 월급도 제대로 못 주는 상황.

그러니 큰 충격을 주면 버티지 못하고 넘어질 가능성이 크다.

문제는 그 정도 덩치가 흔들리려면 충격 역시 작아서는 안된다는 것.

"투자를 하려고 합니다."

"뭐?"

송정한은 깜짝 놀랐다.

"그게 무슨 뜻인지 아나?"

"알지요. 제가 왜 모르겠습니까?"

미다스인 노형진이 아니라 마이스터를 통해 투자를 한다고 하더라도 팔각수가 다시 일어날 수 있는 기회가 될 수도 있다.

그런데 투자라니?

"그래서 투자를 하려고 하는 겁니다. 원래 충격은 더 높은 곳에서 떨어졌을 때 더 큰 법이거든요."

"누가 그걸 모르나? 하지만 투자한 걸 철회할 정도의 충격을 받을 만한 게 뭐가 있어야지."

확실히 마이스터가 한번 투자했다가 어떤 이유에서든 철회하면 그 충격은 어마어마할 것이다.

아마도 투자자들은 더 이상 가능성이 없어서 투자를 철회한다고 생각하고 모조리 떠날 테니, 그러면 팔각수는 끝장나게 된다.

"하지만 뭘로 추락시키려고?"

"그게 중요합니다."

노형진은 씩 미소를 지었다.

⚖

"무려 2천억이나 투자해 주신다고요?"

"네. 마이스터 투자금융에서는 그렇게 결정했습니다."

"아이고, 감사합니다."

팔각수의 대표인 한구호는 일어나서 고개를 푹 숙이면서 인사를 했다.

한때 어둠의 세계의 리더였으며 지금은 회장님 소리를 듣는 그였지만 지금 들어오는 2천억의 투자금은 팔각수의 숨통을 트여 주는 돈이었다.

아니, 숨통을 트여 주는 정도가 아니라 새롭게 일어나고도 남을 돈이었다.

'으흐흐, 이게 웬 떡이냐.'

팔각수의 시가총액은 대략 4천억 정도. 많아 봐야 6천억을 넘기 힘들다.

그런데 무려 2천억이나 새로 투자를 해 준다니.

더군다나 경영권에 관해서는 터치하지 않겠다고 했다.

"물론 조건이 아예 없는 것은 아닙니다. 한구호 회장님도 아시겠지만, 마이스터가 투자를 한다는 것은 수익이 나야 한다는 거지요."

"암요. 그럼요."

마이스터는 세계적인 투자회사다. 그런 곳에서 투자를 한다고 하면 다른 곳에서도 추가 투자가 들어올 가능성이 높다.

그렇다면 그 조건이 뭐든 들어줘야 한다.

"저희 조건은 경남 중동에 있는 아파트 재건축 사업을 따내는 겁니다."

"경남 중동요? 아, 알고 있습니다. 그거 제법 크지 않습니까?"

"제법 크지요. 그래서 저희가 여러분들에게 투자하는 겁니다."

노형진은 은근한 목소리로 말했다.

"그곳에 몇 년 이내에 대단위 산업 단지가 들어서지요. 아닌가요?"

"그거야……."

"저희도 그 정도 정보도 없이 움직이지는 않습니다. 건설 회사가 아는데 저희가 모르겠습니까?"

한구호는 고개를 끄덕거렸다. 노형진의 말이 맞기 때문이다.

그 옆에 대단위 산업 단지가 들어설 예정이고, 또 그로 인해 가격이 많이 오르는 것도 사실이다.

"하지만 산업 단지는 저희가 들어갈 수가 없는데요, 국가 시책으로 하는 거라. 이미 시행사도 결정되었구요."

"그래서 그 옆을 노리는 겁니다. 사람이 일하려면 집이 있어야 하니까요."

"그렇지요."

"그 옆에 대단위 아파트 단지 시행사는 아직 결정되지 않았잖습니까?"

노형진이 씩 웃으며 말했다.

그러자 한구호는 고개를 끄덕거렸다.

지금 그곳을 노리고 수많은 건설사가 달라붙고 있는 상황이다.

팔각수 역시 원래는 옆에 있는 산업 단지를 노리고 들어가 보려고 했지만 워낙 경쟁도 심했고 또 내부적으로 시끄러운 상황이라 제대로 준비하지 못해서 결국 실패할 수밖에 없었다.

"하지만 그 옆도 만만하지는 않을 겁니다."

"압니다. 그래서 2천억이나 투자하겠다는 겁니다. 그 정도 투자하면 어떻게 해 볼 수 있지 않겠습니까?"

"그럼요."

수많은 거대 건설사가 있다. 팔각수는 그중 규모가 작은 편이지만, 그 정도 투자가 들어온다면 충분히 입찰해 볼 수 있다.

"그리고 제가 듣기로, 팔각수는 정부에 선이 있다고 하던데요?"

"음…… 그건…….."

한구호는 잠깐 침묵을 지켰다.

"다 압니다. 모르고 투자하는 게 아니지요."

"그렇게 말씀하신다면야…….."

사실 최재철이 아니라면 팔각수는 정부의 대형 공사에 들어가지도 못할 규모였다. 하지만 그의 힘으로 들어가는 데 성공해 적잖은 돈을 벌 수 있었다.

재수 없게 방사능 사태가 터지는 바람에 어마어마한 손해를 보긴 했지만.

'젠장.'

어떻게 해서든 그 상황을 벗어나려고 노력했지만 주변의 감시가 심해지고 내부 고발자라는 녀석들이 계속 감시하는 바람에 몰래 돈을 빌리는 것도 불가능해졌다.

거기에다 여러모로 곤란해지자 최재철이 슬쩍 손을 놓으려고 하는 것도 부담이었고.

'하지만 2천억이라면…….'

그 정도면 자립할 수 있다.

아니, 그 정도면 당당하게 공사를 따 올 수 있다.

"그런데 왜 저희를 투자 대상으로 생각하신 겁니까? 사실 저희는 투자하기에 그다지 좋은 대상은 아닌데요."

옆에 있던 부장의 말에 한구호는 기겁하면서 그의 등을 세게 때렸다.

"아니, 이 사람아! 무슨 말을 그렇게 해!"

"아니, 그게……."

부장은 그제야 아차 싶었는지 입을 다물었지만 이미 쏟아진 물이었다.

그래서 그는 눈알을 디룩디룩 굴리면서 눈치만 살폈다.

그런데 노형진은 의외로 기분 나쁜 표정이 아니었다.

"아니, 그렇게 당황하지 않으셔도 됩니다. 당연한 질문이니까요. 뭐, 같은 배를 타기로 한 사이인 만큼 사실대로 말해야지요. 확실히 팔각수가 다른 곳보다 유리한 조건을 가진 건 아니지요. 하지만 다른 곳보다 성장 가능성이 높지요."

"성장 가능성요?"

"네. 외국과 한국의 투자의 차이가 뭔지 압니까? 한국은 성장한 곳에 투자해서 시세 차익을 노립니다. 하지만 저희는 아니지요. 저희는 중견에 투자해서 대기업을 만들어 시세 차익을 노립니다."

당연히 돈이 되는 것은 후자다.

하지만 문제는 그러다가 망하는 경우가 적지 않다는 것.

"하이 리스크 하이 리턴이라고 하지요."

"음……."

"그리고 사실대로 말하면, 다른 곳과 접촉을 먼저 했습니다."

"네?"

"뭐, 기분 나쁘시다면 어쩔 수 없구요. 하지만 2천억이나 달려 있는 사업인데 막 할 수는 없지 않습니까?"

하지만 다른 곳들은 이미 완성된 체계를 가지고 있고 그 돈이 없어도 충분히 진행할 만한 능력이 된다.

그러니 한편으로는 투자를 반기면서도 다른 한편으로는 그다지 탐탁하게 생각하지 않았던 것이 사실이었다.

"그리고 투자한다고 해도 그다지 높은 수익률을 줄 수는 없지요."

"그건 그렇지요."

자신들이 아니라고 해도 충분히 공사를 따낼 수 있는데 누가 거기에 대고 높은 이자를 주려고 하겠는가?

당연히 터무니없이 낮은 이자를 주려고 할 수밖에 없다.

"그게 문제가 된 겁니다. 결국 트러블이 생긴 거죠."

서로 조건이 맞지 않으니 투자는 없던 일이 될 수밖에 없었던 것.

"그래서 팔각수에 대해 알아본 겁니다. 팔각수는 중견이고 정부와 상당한 친목을 가지고 있지요. 과거 다른 대기업들을 뒤집고 공사를 따내기도 했고. 다만 요즘 일시적인 자금 경색이 온 것 같더군요."

"크흠……."

한구호는 헛기침을 했다.

틀린 말은 아니다.

다만 일시적 자금 경색이 생각보다 규모가 크다는 게 문제일 뿐.

'하지만…….'

다른 곳도 아니고 마이스터다. 거기에다 투자금은 무려 2천억.

그 정도면 지금 위기 상황을 넘기고도 남는다.

"자세한 협상은 지금부터 해야겠지만, 저희 쪽에서는 이번 투자에 대해 긍정적으로 생각하고 있습니다."

그 말을 들은 한구호의 입꼬리가 귀에 걸렸다.

"사실대로 말씀해 주시니 감사합니다. 이 관계가 영원히 지속되면 좋겠네요."

"저도 그랬으면 좋겠습니다."

노형진은 미소를 지으며 말했다.

하지만 그는 알고 있었다, 이 세상에 영원이라는 것은 없다는 것을.

⚖️

"무리하는 거 아냐?"

손채림은 걱정스럽게 말했다.

팔각수에 무려 2천억이나 투자한다는 것은 상당히 위험한 행동으로 보였다.

더군다나 자신들이 노리는 것은 팔각수의 붕괴가 아닌가?

그런데 2천억을 투자한다는 건 미친 짓이다.

물론 돈이 많다고 하지만, 아무리 노형진이라고 해도 2천억이면 적잖은 돈이다.

"걱정하지 마. 그 정도는 안 들어가."

"응?"

"내가 노린 건 진짜로 2천억을 준다는 게 아니야. 2천억을 투자받았다는 타이틀이지."

"타이틀?"

"그래. 지금 팔각수가 자금 경색을 겪고 있는 거 알지?"

"알지, 우리 때문인데."

노형진의 함정에 빠진 팔각수는 자금 경색을 심하게 겪고 있는 상황이다.

그렇다 보니 당장 어떻게 해서든 돈을 구하려고 혈안이 되어 있다.

"2천억을 전부 준다는 건 아니야. 외부에 2천억을 투자받았다고 알리는 것이 중요한 요소인 거지. 거기에 최재철이 지원해 준다면 어렵지 않게 그들은 중동의 아파트 건설 산업에 진출할 수 있을 거야."

"그러니까 그게 문제 아냐?"

중동은 앞으로 중요한 재개발구역이 될 곳이다.

그 옆에 이미 산업 단지가 준설되고 있고 몇몇 기업들이 입주하기 위해 대기하고 있는 상황이기 때문이다.

그런데 그 주변에는 주택가라고 할 만한 곳이 없다.

가장 가까운 도시도 도로로 한 시간이 넘게 가야 하는데, 그 지역은 또 가격이 비싸서 이사를 가기가 쉽지 않다.

즉, 필연적으로 그 옆에 아파트 단지가 생길 수밖에 없다.

"아마 팔각수가 거기에 아파트를 올리면 어마어마한 수익을 낼 수 있을걸."

"그렇겠지."

노형진은 씩 웃었다.

"그런데 정작 엉뚱한 땅을 사고 있으니……."

처음에는 땅을 사 둔 후에 팔각수에 투자하고 거기에 팔각수가 들어갈 때쯤 그 땅을 팔지 않는 방법으로 팔각수에 타격을 주려나 했다.

하지만 노형진이 땅을 산 곳은 도리어 좀 떨어진, 게다가 재개발구역도 아닌 곳이었다.

"다 이유가 있어."

노형진은 그저 웃을 뿐 답을 해 주지 않았다.

"뭐, 네 돈이니까 네가 뭘 하든 상관은 없는데, 팔각수는 어쩔 거야? 진짜로 돈을 줄 거야?"

"살을 주고 뼈를 쳐야지."

"살을 주고 뼈를 치다니?"

노형진은 씩 웃으면서 뭔가를 뒷좌석에서 건져 올렸다.

"이게 뭔지 알아?"

"뭔데?"

가방에서 꺼낸 것은 상당히 오래되어 보이는 불상이었다.
그런데 포장 상태 같은 걸 봐서는 골동품은 아닌 듯했다.

"보다시피 불상이지, 아주 오래되어 보이는."

"그래서?"

"그걸 거기에 심을 거야."

"어디? 설마 아파트 건축 현장에?"

"딩동댕!"

"장난해? 설마 유물 관리에 관한 법률을 이용할 생각이야?"

"맞아."

"그게 무슨 의미가 있는데?"

어떤 지역을 재개발할 때 그곳에서 유물이 쏟아져 나온다
면 그 지역에 대한 재개발은 취소된다. 그리고 그곳에 대한
조사가 대대적으로 이루어진다.

"확실히 성공하면 타격이 아주 크기는 하겠지만…… 고작
하나로? 그것도 가짜로? 말도 안 돼."

사실 이러한 법률에는 문제가 있는데, 그건 바로 그런 경
우 공사가 멈추면서 그 공사를 하던 당사자는 심각한 타격을

입는다는 것이다.

그리고 이 경우 공사하는 당사자는 다름 아닌 팔각수가 될 것이다.

그러니 성공한다면 심각한 타격을 입을 수 있다.

문제는 그게 호락호락하지 않다는 것.

"고작 그걸로 된다고? 한두 개 나온다고 해서 공사가 중지될 리 없잖아?"

"그렇지. 하지만 그곳이 고려 대의 유물터라면 어떻겠어?"

"뭐?"

"사실은, 꽤 재미있는 문헌을 찾았거든."

고려 시대 때 그곳은 상업의 중심지로서 상당히 큰 도시였다는 것이다.

"그러니 그곳을 조사하면 충분히 유물이 나올 수도 있지."

"너무 운에 기대는 거 아니야?"

"그럴지도?"

사실은 운이 아니다. 정확한 역사다.

'회귀 전에 난리가 났었지.'

대규모 공사가 진행되었는데 그 당시 모 기업이 그곳을 담당하고 있었다.

팔각수는 결국 공사를 따내지 못했던 것이다.

그런데 그곳을 파던 중 과거의 유물이 나왔고, 그걸 안 그 기업에서는 다급하게 유물을 모조리 파괴하고 불도저로 밀어 버리려고 했다.

다행히도 그 당시 그곳에서 노가다를 뛰던 사람들 중에는 여름방학을 맞이해서 등록금을 벌기 위해 왔던 사학과 학생들도 있었고, 그들은 다급하게 교수님에게 연락해서 파괴를 막고 그곳에 대한 대대적인 학술 조사를 시작했다.

그 결과 그 지역에 있었던 것은 고려 시대의 집단 매장지로 밝혀졌다.

그것도 귀족들의 집단 매장지였기 때문에 함께 묻혀 있던 어마어마한 양의 보물과 그곳을 관리하던 집터들 그리고 그 주변에 있던 사람들의 흔적까지, 초대형 발굴지였다.

'발굴 시간만 10년이 걸리던가?'

그냥 한두 기도 아니고 수백 기의 무덤이 발견되었고, 그 무덤은 모두 귀족가의 무덤이었던 듯 유물이 한가득 나왔다.

'그리고 그 개발비는 우리나라 정부가 내는 게 아니지.'

우리나라의 잘못된 부분 중 하나인데, 이 경우 그 지역의 유물을 찾는 비용과 관련 비용은 그 개발의 담당자가 지도록 되어 있다.

'말도 안 되는 개소리지.'

공사가 멈춘 것만 해도 억울해 죽을 판에 법에 그 조사비까지 내도록 되어 있으니 업자 입장에서는 눈이 돌아갈 수밖에 없다.

'뭐, 잘못된 법은 그렇다 치고.'

중요한 것은 팔각수에 엿을 먹이는 것이다.

그리고 이 정도면 충분히 팔각수에 엿을 먹이고도 남는다.

"중요한 건 결국 관심을 끌어내는 거야."

"관심이라……."

"그래, 후후후."

노형진은 씩, 미소를 지었다.

"과연 팔각수는 어떻게 대응하는지 두고 보자고."

⚖

"아, 덥다."

"이럴 때 아이스크림 하나 빨면 좋겠다."

"씨벌, 이 근처에는 가게 하나 없어요."

결국 노형진이 투자하자 팔각수의 재정 건전성이 안정되었고, 최재철은 그걸 이유로 팔각수에 힘을 실어 줬다.

그러자 자연스럽게 팔각수는 해당 지역 신도시 건축을 책임지게 되었다.

"이거 얼마나 걸릴까?"

"글쎄, 한 3년은 걸리지 않을까?"

"한 4년은 더 걸리지 싶은데?"

더운 여름에 태양을 피해서 쉬고 있던 직원들은 짜증스럽다는 듯 하늘을 바라보았다.

"좋게 생각해. 당분간 잘릴 걱정은 없잖아?"

"그건 그런데……."

툴툴거리는 직원들.

그때였다.

"반장님."

"응? 왜?"

땀을 뻘뻘 흘리던 작업반장은 자신에게 다가오는 젊은 남자를 보면서 물었다.

"일할 만해?"

"네."

"그런데 어쩐 일이야? 지금은 쉬는 시간인데, 더운데 일하려고?"

"그게 아니라요, 이런 게 나와서요."

"뭔데?"

손을 앞으로 내밀던 반장은 손에 놓이는 돌덩어리와 고리처럼 생긴 뭔가를 보고 고개를 갸웃했다.

"이게 뭐야? 돌?"

"돌이 아니라 불상 같은데요?"

"불상?"

"네. 이거 무척 오래된 불상 같아요."

반장은 한여름임에도 불구하고 등골이 서늘해지는 느낌을 받았다.

"뭐라고? 오래된 불상?"

"네."

"그래? 누가 버렸나?"

그는 애써 모른 척하려고 했다.

하지만 상대방은 그렇게 둘 생각이 없어 보였다.

"그건 아닌 것 같은데요. 반대쪽 건 목걸이예요."

"목걸이?"

"네. 그거 되게 오래되어 보이는 것 같은데."

'이런 싯팔.'

반장쯤 되면 문화재 신고에 관한 법률에 대해 알고 있다.

그리고 그런 경우 자신들의 공사가 완전히 물 건너갈 뿐만
아니라 손해 역시 심각하다는 것도 알고 있었다.

'이런 염병.'

"이거 어쩌죠?"

"이거 어디서 나왔는데?"

"저쪽요."

"가 보자."

뜨거운 한여름의 태양도 그의 다급한 마음은 막지 못했다.

그는 몇몇 인부들을 데리고 어디론가 향했다. 그리고 젊은
남자가 가리키는 곳을 파도록 시켰다.

인부들은 한여름에 뻘짓을 시킨다면서 툴툴거렸지만 어쩔
수 없이 땅을 파기 시작했다.

잠시 후, 별로 깊게 파고 들어가지도 않았는데 오래된 물건 몇 개가 튀어나왔다.

"이게 뭐야?"

"이게 뭐시여, 시벌?"

대부분의 사람들은 그게 뭔지 모르는 듯 고개를 갸웃했지만 그중 한 명은 상당히 곤혹스러운 얼굴이 되었다.

"이거시 뭐시여? 유물 아녀? 아이고, 망해 부렀네."

"뭔 소리야?"

"유물 아녀, 유물! 유물이 나오면 공사고 뭐고 다 글렀다고. 내가 전에 그래서 일하다가 쫓겨났잖어."

한번 경험이 있는 누군가의 말에, 직원들은 당혹스러운 표정이 되었다.

"누가 그래요?"

"야?"

"누구 이게 유물이랍니까? 이건 누가 버린 겁니다. 아셨지요?"

"버린 거요?"

"네. 이거 누가 쓰레기 버린 거예요. 아셨지요?"

직원들은 눈을 마주치고는 고개를 끄덕거렸다.

"여기서는 아무런 일도 없었던 겁니다. 다들 자리에 가서 일하세…… 아? 아니, 오늘 일당 줄 테니 오늘은 이만 퇴근들 하세요."

그렇게 말한 작업반장은 다급하게 사무실로 전화하더니

곧 봉투를 들고 왔다.

"오늘 낮에 고생하셨으니 좀 더 넣었습니다."

그걸 받아 든 직원들의 눈에서 불이 켜졌다.

제법 두툼한 것이, 절대로 일당만큼만 들어온 게 아니었기 때문이다.

"감사합니다."

"오늘은 쉬고 내일 나오세요."

"네."

그들이 퇴근하고 난 후에 작업반장은 서둘러 어디론가 전화했다.

"접니다. 네, 문제가 생겼습니다."

그는 사람이 없는 곳으로 들어가면서 통화하고 있었다.

그리고 멀리서 어떤 눈이 그런 그를 바라보고 있었다.

⚖

쿠르르르.

요란한 소리를 내면서 움직이는 불도저. 그리고 그 뒤에서는 한 대의 포클레인이 움직이고 있었다.

"일단 다 뒤집고 난 후에 불도저로 밀어!"

반장은 짜증스럽게 말했다.

그러자 불도저 운전사는 불안한 듯 그를 보면서 물었다.

"이래도 됩니까?"

"이래도 됩니까가 아니라 이래야 한다고! 너, 이거 얼마짜리 공사인 줄 알아?"

"그건 아는데……."

"씨발, 이게 알려지면 우린 다 죽는 거야."

불도저 운전수는 조용히 자기 자리로 돌아갔다.

"오늘 중으로 다 밀어내야 해. 그리고 이 주변에 다른 게 있는지 확실하게 체크하고."

지난 며칠간 그 주변을 파 보니 적잖은 유물이 나왔다.

그걸 놔두면 공사고 뭐고 모조리 물 건너간 셈이기 때문에 위에서 모조리 밀어 버리라고 해서 그들은 중장비를 동원한 것이다.

"하나도 남김없이 빠개 버려!"

반장의 고함 소리와 함께 중장비가 천천히 움직이기 시작했다.

그러나 그들은 누군가가 자신들을 바라보고 있다는 사실은 전혀 알지 못하고 있었다.

이것이 법이다

발악해 봐

　－제보된 동영상에 따르면 팔각수는 중장비를 동원하여 유물을 파괴한 것이 확실시되고 있습니다. 이에 정부는 모든 공사를 강제로 중지시켰으며……

　노형진의 예상대로 팔각수는 최악의 선택을 했다.
　정부에다가 신고하는 대신에 중장비를 이용해서 그곳을 밀어 버린 것이다.
　그리고 그 장면은 몰래 촬영하고 있던 노형진에 의해 정부와 언론사 그리고 인터넷에 뿌려졌다.
　"저거 가짜인 거 알면 얼마나 속이 쓰릴까?"
　"하하하."

애초에 노형진은 진짜 유물을 파괴할 생각이 없었다.

그들이 파괴한 모든 유물은 다 골동품상에서 사 온 가짜들이다.

"만일 그냥 신고했다면 공사가 중단되는 일은 없었겠지?"

"그렇겠지."

검사를 조금만 해 봐도 그게 가짜인 것이 티가 나는데 정부에서 공사를 중단시킬 이유가 없다.

하지만 그들은 신고하지 않고 대신에 모조리 파괴시켜 버리는 길을 택했다.

파괴된 것으로 진품 유무를 확인할 수는 없다.

한다 해도 무척이나 오래 걸린다. 방법이 탄소 연대 측정뿐일 테니까.

그 때문에 정부에서 공사를 중단시킨 것이다.

혹시나 다른 유물이 있는지 확인하기 위해서.

"결국 자업자득이야."

스스로 선택한 길로 인하여 공사는 멈춰 버렸다.

단순히 멈춘 정도가 아니라 그들의 전적이 있기 때문에, 공사 현장에 각 사학계의 사람들이 나와서 눈에 불을 켜고 감시하기 시작했다.

아마도 유물이 나오는 순간 모든 공사가 그대로 끝나 버릴 것이다.

"이번에 팔각수가 거기에 공사 들어가려고 엄청나게 투자

하지 않았어?"

"했지."

해당 지역을 구입하고 장비를 빌렸을 뿐만 아니라 기본적인 공사까지 다 해 놨다.

사실상 이번 공사는 팔각수의 재력이 총동원된 공사였다.

아직 투자금이 전부 들어온 게 아니었기 때문이다.

원래 투자할 때 투자금이 전부 들어오는 경우는 드물다.

조금씩 필요한 만큼 들어가기 마련이다.

"그리고 지금 아마 한 200억쯤 들어갔을걸."

노형진은 기억을 더듬으면서 말했다.

적은 돈은 아니다. 하지만 자신에게는 타격이 큰 돈도 아니다.

그리고 그게 그들의 실수였다.

"과연 뭐라고 할지 두고 보자고."

⚖️

"네? 투자 철회요?"

"그렇습니다."

노형진의 말에 한구호는 정신이 아득해졌다.

"갑자기 그러시면……."

"갑자기가 아니잖습니까? 투자라는 것도 이득이 있어야

하지요. 그곳에서 대단위 유적지가 발견되었다면서요?"

한구호는 말문이 콱 막혔다.

맞다. 대단위 유적지가 발견되었고, 한국 사학계는 고려 시대의 매장지라면서 흥분을 감추지 못하고 있었다.

"앞으로 못해도 5년 이상 걸릴 테고, 거기에다 그 비용도 회사에서 내야 한다면서요? 앞으로 더 이상 수익의 가능성이 전혀 없는데 어떻게 투자를 지속하란 말입니까?"

"그거야 밀어 버리면 그만입니다."

"바보 같은 소리 하지 마세요."

걸리지 않았다면 모를까, 걸렸다면 그걸 밀어 버릴 수는 없다.

물론 한구호가 그런 걸 알지 못해서 하는 말이기는 하지만.

"그게 가능하면 우리가 투자를 철회하지도 않습니다. 아니, 이야기가 나왔으니 바른말 해 봅시다. 애초에 투자할 때, 저희 조건이 뭐였지요?"

"네? 조건요?"

"네. 분명히 '어떠한 위법행위도 인정하지 않는다.'였습니다. 그리고 '공사 진행에 있어서 심각한 문제가 발생한 경우 최우선적으로 마이스터 측에 알리고 해결책을 상의한다.'였지요. 그런데 유적을 발견하고서도 그걸 말도 안 하고 그대로 중장비로 밀어 버려요?"

"그게……."

"마이스터는 한국 기업이 아닙니다. 외국계 기업들이 문화유산을 얼마나 중요하게 생각하는지 몰라서 그럽니까?"

"……."

한구호는 입을 다물었다. 사실은 몰랐기 때문이다.

하지만 말하는 투로 봐서는 무척이나 중요하게 생각하는 게 뻔했다.

"투자라는 게 장난 같아 보입니까?"

"그건……."

"이 정도 악재를 그냥 넘어가라고요?"

"……."

팔각수는 최재철 덕분에 돈 걱정을 해 본 적이 없었다.

돈이 필요하면 최재철에게 말하고, 그러면 일주일 이내에 은행에서 대출이 나왔던 것이다.

그러니 남에게 투자받을 이유 또한 없었다.

하지만 지금은 아니다.

최재철도 슬슬 손을 떼려고 하는 눈치인 데다가 추가 은행 대출은커녕 기존에 있던 대출도 상환해야 하는 상황.

그나마 마이스터가 투자해 줘서 숨통이 트인다고 생각했는데…….

"이에 따른 손해배상은 따로 청구하겠습니다."

"손해배상요?"

"그렇지 않습니까? 애초에 위험한 사항을 알려 주지 않았으니 그로 인한 손해배상을 해야지요."

"하지만 유물이 있는 것을 우리가 알 수 있었던 건 아니지 않습니까!"

억울한 마음에 소리를 지르는 한구호.

그러나 그런다고 해서 그들의 잘못이 사라지는 것은 아니었다.

"그러니까 계약할 때 정확하게 이야기하지 않았습니까."

분명히 계약서 내에는 위험한 일이 있거나 중요한 사항이 있으면 공사 진행에 있어서 마이스터와 상의하고 난 후에 진행하도록 되어 있다.

그러나 팔각수는 임의로 밀어 버리도록 했고, 이는 명백하게 팔각수 측의 잘못이었다.

"이익!"

한구호는 분노로 부들부들 떨었다.

"이러면 우리가 가만히 있을 줄 알아! 우리도 소송할 거야!"

"하세요. 과연 법원이 누구 편을 들어 주나 봅시다."

노형진은 그곳을 박차고 나왔다.

그러자 한구호는 분노로 방 안을 서성이기 시작했다.

"젠장! 젠장! 젠장! 씨팔 새끼! 개새끼!"

흥분을 감추지 못하고 사무실 안을 왔다 갔다 하던 그는 이를 악물고 바깥에 소리를 질렀다.

"야! 최 상무 불러!"

이것이 법이다

그렇게 소리를 지른 지 얼마 되지 않아 들어온 최 상무는 한구호의 말에 눈을 찌푸렸다.

"지금 보복을 하라는 말씀이십니까?"

"그래! 그 새끼 때문이 우리가 망하게 생겼어!"

그곳 공사를 따기 위해 있는 돈 없는 돈 다 긁어냈다.

그런데 공사가 뒤집어진 이상, 자신들은 망하는 수밖에 없다.

"사장님, 무리입니다. 상대방은 해외 기업의 바이어입니다."

"그게 뭐! 그 새끼, 결국 한국 새끼 아냐? 그 새끼 배때기 따면 뭐, 미국이라도 쳐들어온대?"

한구호는 분노로 반쯤 미친 상태였다.

노형진을 죽여 버리지 않으면 분노로 돌아 버릴 지경이었다.

"그건 아닙니다만……."

"씨발, 그 새끼도 배때기 따이면 세상 무서운 줄 알겠지."

"하지만 사장님……."

최 상무는 걱정스럽게 한구호를 바라보았다.

상대방은 외국계 기업의 고문일 뿐이다. 그가 공격당한다고, 그쪽이 겁을 먹고 다시 돈을 투자할까?

'그럴 리 없는데…….'

하지만 또 한편으로는 이해가 갔다.

이번 사태로 인해 팔각수는 치명적인 피해를 입었다. 사실상 회사 내부의 자금이 바닥을 친 것이다.

그리고 팔각수가 버틸 수 있는 힘은 더 이상 없다.

"빌어먹을! 개새끼! 죽여 버리겠어!"

아무리 회장이니 어쩌니 하면서 가면을 뒤집어썼다고 하지만 결국 근본은 깡패다.

건설업에서 그들이 성공할 수 있었던 것도 건설업이 어떤 사업보다 깡패들이 활동하기 좋기 때문이다.

"당장 그놈 모가지 따 와!"

"회장님, 위험합니다."

"걸리지만 않으면 되는 거 아냐!"

최 상무는 입을 다물었다.

너무 화가 나서 통제되지 않는다는 것을 알지만 저렇게까지 말하면 자신들이 할 수 있는 것은 없다.

결국 방법은 하나뿐.

"걸리지만 않게 해. 알았지?"

"네, 알겠습니다."

그저 고개를 숙이는 것 말고는, 그가 할 수 있는 것은 없었다.

⚖

같은 시각, 노형진은 차량에서 그들의 대화를 들으면서 빙긋 웃고 있었다.

"역시나 본색을 드러내는군."

원래 그들이 깡패라는 것은 알고 있다.

그리고 돈을 위해 백 명이 넘는 사람을을 불을 질러서 죽이고, 그 후에도 수십 명을 자살시켰다는 것도 알고 있었다.

그런 놈들이 그냥 멍하니 당할 거라고는 노형진 스스로도 생각하지 않았다.

"어떤 식으로든 보복하려고 하겠지."

그리고 그들의 특성상, 방법은 정해진 것이나 마찬가지다.

"그걸 알면서도 도발한 거야?"

"핑계가 필요하거든."

"핑계?"

"그래. 팔각수는 거대 기업이야. 투자 하나 틀어졌다고 해서 갑자기 훅 넘어가지는 않을 거야."

정부에서도 어떻게 해서든 팔각수를 살리려고 할 것이 뻔하다. 최재철의 힘이라면 최소한 목숨은 구할 수도 있다.

하지만 그건 노형진이 바라는 게 아니다.

"팔각수는 망할 수밖에 없다는 걸 사람들에게 각인시켜 줘야지. 그중 하나가 뭐겠어?"

"마이스터구나."

"그래. 마이스터와 팔각수가 전쟁에 들어간다고 하면 사람들은 뭐라고 할까?"

"아……."

바보가 아닌 이상에야 팔각수 편을 들어 주는 사람은 없을 것이다.

정부에서는 도와주고 싶겠지만, 그건 무리다. 사람들의 눈이 있을 테니까.

"하지만 다른 것도 아니고 살인미수라면 어떨까?"

"당연하다면 당연한 거네."

　사람을 죽이려고, 그것도 그 기업에 다닌다는 이유로 사람을 죽이려고 한다면, 두 기업 간에 전쟁이 안 나는 게 더 이상한 일일 것이다.

"그렇게 되면 팔각수 입장에서는 최재철을 끌어들일 수밖에 없어. 그러면 최재철은 크게 흔들릴 거야."

　손채림은 이해가 간다는 듯 고개를 끄덕거렸다.

　하지만 문제가 없는 것은 아니다.

　공격하다가 붙잡힌 후에, 그들이 과연 자신이 팔각수라는 사실을 인정할까?

"만일 인정하지 않으면 어떻게 해?"

"걱정하지 마. 나한테는 믿음직한 아군이 있거든, 후후후."

　노형진의 미소는 그들이 탄 차량 뒤쪽으로 향해 있었다.

⚖

　팔각수에는 뒤에서 조용히 일을 처리해 주는 곳이 있다.

　건설업이라는 것이 법보다 주먹이 앞서는 경우가 많기 때문이다.

특히 재건축 같은 걸 하다 보면 사람 두어 명쯤 파묻어야 하는 경우도 적지 않다.

하지만 그런 일을 하는 자들이라고 해도 이번 일은 부담이 너무 컸다.

"조또 없는 새끼도 아니고 변호사를 습격하라니."

"입 닥쳐, 이 새끼야. 회장님이 하라고 하면 하는 거야."

그렇게 말하는 행동대장도 영 찝찝한 것은 어쩔 수가 없었다.

물론 변호사를 린치한 것이 이번이 처음은 아니다.

주제도 모르는 인권 변호사 하나는 바다에 던져 본 적도 있다.

'하지만 상대방이…….'

자세한 이야기는 듣지 못했지만, 지금처럼 절대로 걸리면 안 된다고 신신당부하는 건 처음이었다.

걸릴 것 같으면 차라리 죽으라니.

'싯팔, 내가 무슨 스파이도 아니고.'

먹고살자고 이 짓거리 하는 거지, 죽고 싶어서 이 짓거리를 하는 게 아니다.

"별일 없겠지요?"

"별일 없겠지. 지난 며칠간 계속 봐 왔잖아?"

노형진이라는 변호사는 혼자 사는 것이 확실했다.

혼자 출근하고 혼자 퇴근한다. 집에 다른 가족이 있는 것도 아니었고.

"뭐, 잠깐은 시끄럽겠지만."

그래 봤자 잠깐이다.

한국에서 매년 얼마나 많은 실종 사건이 벌어지는지 알면 아마 한국 사람들은 불안해서 살지 못할 것이다.

"저쪽 코너에 들어가면 미리 준비하고 있는 애들이 있으니까 바로 뒤를 막는 거다. 알지?"

"아따, 형님. 우리가 뭐 한두 번 해 봅니까?"

단순히 죽이는 거라면 야간에 퍽치기를 해도 된다.

하지만 형님들이 본을 보여 주기를 원했으니 단순히 죽이는 것만으로는 부족하다.

"코너에 들어갔습니다."

"좋아. 바로 가자!"

차로 골목을 막고 반대편에서 무리 지어 오던 멤버들이 그를 제압해서 봉고에 바로 태우고 도망가는 것.

그게 그들의 계획이었다.

부아앙!

거친 파열음을 내면서 움직인 봉고가 골목에 멈춘 후, 노형진을 납치하기 위해 조직원들은 서둘러서 내렸다.

"당장 끌어…… 어?"

하지만 그들은 내리다 말고 멈칫했다.

앞에는 노형진이 서 있고, 원래 노형진을 끌고 와야 하는 자기네 조직원들은 꿈틀거리면서 바닥에서 부르르 떨고 있

이것이법이다

었다.

"참 오래 걸리네."

"이게 무슨……?"

그들이 당황하는 찰나였다.

끼이익!

거친 파열음이 뒤에서 들려왔고, 함정이라는 사실을 안 행동대장은 '아차.' 하는 표정으로 고개를 돌렸다. 그리고 얼굴이 사색이 되었다.

차량의 앞과 뒤를 커다란 SUV가 가로막아서 도망갈 길을 막았기 때문이다.

"저놈도 한패인가요?"

쓰러진 조직원들 건너편 어둠 속에서 천천히 나오는 남자들.

그들의 손에는 권총처럼 생긴 뭔가가 들려 있었다.

"네. 한패입니다. 그나저나 여유분이 있나요?"

"우리야 없겠지요."

어둠 속에서 나온 남자는 웃으면서 말했고, 아차 싶은 생각에 도망가려고 하던 행동대장의 눈앞으로 권총처럼 보이는 것이 조준되었다.

"움직이면 쏜다고 하는 게 맞겠지만……."

조준한 백인 남성은 씩 웃으며 말했다.

"안 움직여도 쏠 거야."

"이런 미친."

하지만 한순간 배에서 따끔하는 느낌이 올라오더니 그 뒤를 이어서 강력한 전류가 치고 올라왔다.

"끄르르르륵!"

행동대장은 눈을 까뒤집으면서 쓰러지더니 사정없이 몸을 부들부들 떨었다.

하지만 노형진은 그런 그를 무심하게 바라볼 뿐이었다.

"이놈들을 어떻게 할까요?"

"일단은 아지트로 데리고 갔다가 경찰에 넘기세요."

"그거면 됩니까?"

"네."

"알겠습니다."

"그럼 잘 부탁드립니다."

건장한 남자들이 그들을 능숙하게 끌고 사라지자 노형진은 전화기를 들었다.

"자, 그러면 정부를 뒤흔들어 볼까?"

⚖️

"네, 네······."

땀을 뻘뻘 흘리는 최재철.

그는 눈을 잔뜩 찌푸렸다.

그리고 전화가 끊어지게 무섭게 욕설을 토해 냈다.

"이런 미친 새끼!"

그는 분노로 눈이 뒤집히는 것 같았다.

그럴 수밖에 없는 게, 방금 그가 받은 전화는 CIA 한국 지부에서 온 것이었기 때문이다.

자신들의 요원을 습격하려고 한 녀석들을 잡았는데 팔각수의 사주를 받았음이 드러났다면서, 후에는 이런 일이 없었으면 한다는 이야기를 넌지시 해 준 것이다.

"이런 미친 새끼! 아직도 그 버릇을 못 고쳤어!"

동시에 생각나는 사람이 한 명이 있었다. 바로 노형진.

그는 한때 미다스가 아닐까 하는 의심을 받았지만 그 후에는 CIA가 아닐까 하는 의심을 받고 있었다.

그리고 그들이 운영하는 마이스터 투자금융은 CIA의 자금을 확보하는 일종의 유령 기업이라는 것이 정부의 생각이었다.

정치자금을 얻으려고 할 때마다 몇 번이나 그쪽으로 문제가 생겼기 때문이다.

그런데 하필이면 팔각수에서 그들을 습격했다고?

"이런 미친 새끼……. 후우, 어쩌자는 거야."

자신이 아무리 한국에서 권력이 강해도 상대는 CIA다.

자신의 모든 추문을 다 알고 있을 가능성이 높다.

지금도 그렇다.

그 많은 채널을 놔두고 자신에게 직통으로 전화가 왔다는 것은, 자신과 팔각수의 관계를 알고 있을 가능성이 높다는 뜻이다.

"이런 염병할……."

그는 속에서 열불이 올라왔다.

그들의 말은 간단했다.

우리를 방해하는 자들은 가만두지 않는다.

즉, 팔각수를 지워 버리겠다는 뜻이었다.

"싯팔……."

문제는 팔각수가 그냥 죽으려고 하지는 않을 거라는 것이다.

"으으으……."

최악의 상황에, 최재철은 머리를 부여잡고 신음을 흘렸다.

⚖️

"속네?"

손채림은 전화를 끊으면서 어이가 없다는 듯 말했다.

"그럼 안 속겠냐? 전화로 뭘 어쩔 건데? 신분을 확인할 거야, 아니면 뭐, 찾아오기라도 할 거야?"

"아니, 아무리 그래도 그렇지."

사실 CIA가 최재철에게 전화할 이유가 없다.

다만 손채림이 그쪽인 것처럼 전화한 것뿐이다.

"상대방이 CIA라는데 확인도 안 해?"

"도리어 그래서 안 하는 거야."

"뭐?"

"이런 비밀 조직의 모토가 뭔지 알지?"

"뭔데?"

"긍정도 부정도 하지 않는다."

만일 전화해서 이런 전화를 했느냐고 물어본다고 한들 CIA가 해 줄 말은 '확인해 보겠습니다.'라는 한마디뿐이다.

아무리 전화해서 따지고 들어도 그들은 그 말만 한다.

물론 공식적으로 국가 대 국가로 공문을 보낸다면 또 모르겠지만.

"이런 걸로 국가 대 국가로 공문을 보내겠어?"

"아하!"

"너무 당연해서 속는 거지."

그런 곳이 이런 전화를 잘 하지 않기 때문에 그게 진짜라고 생각하는 생각의 함정을 이용한 것이다.

"생각해 봐. CIA가 아니면 이런 사실을 어떻게 알고, 또 어떻게 팔각수와 최재철의 관계에 대해 알겠어?"

"그걸 알고 있으니 최재철이 착각한다 이거구나. 하지만 나중에 진실을 알고 사칭이라고 따지면 어쩌려고?"

이번에는 잘 속여 넘어갔다.

하지만 최악의 경우 상대방이 사실을 알아채고 역공을 취할 수도 있는 일이다.

그러나 노형진은 씩 웃었다.

"내가 언제 CIA라고 말한 적 있나?"

"응?"

"우리는 우리가 CIA나 미국 정보국이라는 둥 그 비슷한 말도 한 적 없어. 그저 외국인이 잡아갔을 뿐이야."

현장에서 잡아간 녀석들은 한여름에 컨테이너 안에 스물네 시간 동안 가둬 일사병 체험을 시켰다. 그리고 조용히 경찰서로 보냈다.

다음번에는 죽을 뻔한 것으로 안 끝난다면서, 자수하라고 말이다.

하지만 그사이에 자신들이 누군지 특정할 수 있는 말은 한 적이 없다.

"허얼?"

그러고 보니 그랬다.

그 당시에 잡아간 남자들이 외국인이라는 것 말고는 특징이 없었다.

지금 전화를 해서 말하기는 했지만 이 핸드폰은 대포폰이고, 나올 건 없다. 지금 바로 폐기할 테니 추적도 불가능할 테고.

"진짜라고 믿을 수밖에 없겠네?"

"그래."

최재철의 입장에서는 증명할 수도 없는 곳에서 압력이 들어왔으니 당황스러울 수밖에 없다.

그렇다고 증명하겠다고 덤비자니, 나중에 문제가 될 가능성이 아주 높다. 상대방은 CIA니까.

"거기에다 내가 그쪽과 관련이 있다는 소문이 제법 오래전부터 있었잖아?"

"하긴, 그랬지."

손채림은 알 것 같다는 듯 고개를 끄덕거렸다.

'인간이 참 한편으로는 단순하다니까.'

실제로 사기꾼이 한국의 대기업에 전화해서 특정 계약의 입금 계좌가 바뀌었으니 그 계좌로 넣어 달라고 하자 한국의 대기업은 수백억을 확인도 안 하고 그 계좌로 넣어 줬다.

관련자가 아니면 그 사업에 관련된 내용과 금액 그리고 입금 시기를 모른다는 간단한 생각 때문이었다.

"사실상 최재철이 팔각수를 도와줄 방법은 없는 거지."

아무리 둘 사이가 친밀하다고 해도, 팔각수가 하필이면 CIA와 척졌으니 도와주고 싶어도 도와줄 수가 없다.

"그리고 팔각수는 이제 살기 위해 발악할 테고 말이야."

그들이 각자 어떤 선택을 할지는 두고 볼 일이었다.

⚖

"뭐라고!"

쾅!

탁자가 부서질 듯 큰 소리가 회장실에 울려 퍼□다.

하지만 그 소리를 낸 한구호는 자신의 손이 아픈 것도 느끼지 못하고 있었다.

"우리 회사를 공격하는 놈이 있어?"

"네. 누군가 우리 회사를 공격하고 있습니다."

"어떤 새끼야! 우리 주식을 노리는 거야?"

"차라리 그런 거러면 어떻게 이해라도 해 보겠지만……."

기업의 운영권을 노리고 주식 장난을 하는 놈들은 한두 명이 아니다. 그러니 그걸 한다면 어떻게 해서든 방어할 수 있다.

영 안된다고 하면 주식을 구입하는 녀석을 바닷속에 처넣어 버리면 그만이다.

하지만 지금 같은 경우는 그런 방법도 쓰지 못한다.

"지금 우리를 공격하는 놈들은 우리를 망하려고 하는 게 분명합니다."

"뭐? 우리를 망하게 해?"

"네."

갑자기 은행에서 자금을 회수해야 한다면서 통지가 왔다.

시중에 있던 어음도 모조리 한꺼번에 돌아오고, 자재를 거래하던 거래처들도 현금이 아니면 거래를 하지 못하겠다고 버티기 시작했다.

그뿐만이 아니었다.

지금까지 지은 아파트나 건물에 대해 갑자기 엄청난 하자 보수 소송이 쏟아지기 시작했다.

우연으로는 설명할 수 없는 일이었다.

"그리고 지라시 쪽에 안 좋은 소문이 돌고 있습니다."

"안 좋은 소문?"

"네. 우리가 마이스터와 척져서 마이스터가 전쟁을 시작했다고……."

한구호는 움찔했다.

얼마 전에 저지른 일이 생각난 것이다.

'그러고 보니 그 새끼들은 어디로 간 거야?'

적당히 손봐 주고 담가 버리라고 사람을 보냈는데, 그 녀석들에게서 연락이 오지 않는 상황.

그러한 상황이 계속되자 한구호는 깊은 곳에서 스멀스멀 불안한 기운이 올라오기 시작했다.

"젠장…… 이거 어쩌지?"

일이 틀어진 것이 분명했다.

안 그래도 자금이 쪼들려서 죽을 판국인데 이런 식으로 외부에서 공격이 시작되자 방어할 방법이 도무지 보이지 않았다.

그동안 안 좋은 일이 너무 많았던 것이 문제였다.

"일단 마이스터 측에 알아보는 게 어떨까요?"

"그게 좋겠지? 마이스터가 무슨 오해를 했는지 모르지만……."

그때였다. 갑자기 회장실 바깥에서 소란스러운 고함 소리가 들려왔다.

　"지금은 안 된다니까요!"

　"약속이 없으시면 못 들어가세요!"

　직원들의 고함 소리와 그걸 무시하고 거칠게 밀고 들어오는 한 남자.

　그리고 그 남자를 본 한구호는 눈을 찌푸렸다.

　"알아보실 필요 없습니다. 우리가 전쟁 중인 건 사실이니까요."

　회장실로 들어온 남자. 그는 다름 아닌 노형진이었다.

　그는 히죽거리면서 회장실에 있는 사람들을 바라보았다.

　"몇 분은 아는 분이고 대다수는 모르는 분이네요."

　"너 이 자식……."

　"왜요? 죽어 나자빠졌어야 할 인간이 살아 있어서 당혹스럽습니까?"

　최 상무는 얼굴이 어두워졌고, 상황을 모르고 있던 다른 직원들은 얼굴이 사색이 되었다.

　'이런 젠장. 일이 틀어졌구나.'

　그들은 조폭은 아니지만 이곳이 조폭에서 시작된 기업이라는 것도 알고 있었고, 가끔 주먹을 쓴다는 것도 알고 있었다.

　다만 모른 척한 것뿐이었다.

　그런데 지금 노형진이 들어와 하는 말을 들어 보니 '그 일'

이 틀어졌다는 것을 어렵지 않게 알 수 있었다.

"무슨 소리인가? 나는 모르겠네."

한구호는 모르는 척 딱 잡아뗐다.

하지만 노형진은 그걸 보고 피식 웃었다.

하긴, 애초에 자기가 한 일이라고 인정할 거라는 기대는 하지도 않았다.

'뭐, 상관없지.'

경찰에서는 그렇게 하면 풀려날지도 모른다.

하지만 자신은 경찰이 아니다. 당연히 풀어 줄 이유도 없다.

"뭐, 상관없지요. 당신들이나 나나, 이미 결론이 나 있으니까요. 안 그런가요?"

노형진이 웃으면서 말하자 한구호는 입술을 깨물었다.

맞는 말이다.

자신은 노형진을 죽이려고 사람을 보냈다. 그런데 어떻게 했는지 모르지만 노형진은 살아남았고, 보낸 사람들은 실종되었다.

그렇다는 것은 정보가 새어 나갔을 가능성도 존재한다는 뜻이다.

"우리가 대화해 봐야 무슨 의미가 있겠습니까?"

"무슨 오해를 하고 있는지 모르겠지만……."

"오해요?"

노형진은 피식 웃었다.

이놈의 나라는 참 오해를 좋아한다.

뭐라고 하다가 안 될 것 같으면 일단은 오해란다.

동네 사기꾼부터 대통령까지 '오해'라는 말을 아예 입에 걸고 사는 것 같다.

"이런, 미안해서 어쩌죠? 오해를 풀고 싶은 생각이 없는데요."

"뭐?"

"제 뒤에 누가 있는지 알고 움직이셨어야지요."

노형진은 주변을 스윽 바라보면서 말했다.

자세한 상황을 모르던 다른 직원들의 얼굴은 파랗게 질린 얼굴로 얼어붙어 있었다.

"걱정하지 마세요. 지금부터 제가 하고 있다고 생각하는 모든 일은 없는 일입니다. 그저 여러분이 오해하는 것뿐이에요."

노형진은 히죽 웃으면서 말하고는 그곳을 나왔다.

그리고 회장실에는 한참 동안 침묵이 흘렀다.

"회장님……."

결국 이사가 그 침묵을 버티지 못하고 입을 열었다.

"해결책을 찾아야 할 것 같습니다."

상대방이 누구든 해결책을 찾아야 한다는 생각에 그가 조심스럽게 말하자, 한구호는 분노로 이를 빠드득 갈 수밖에 없었다.

"이런 미친놈."

최재철은 조용한 요정에서 한구호를 만나면서 이를 박박 갈았다.

"너, 그 뒤에 누가 있는지는 알고 건드린 거냐?"

"내가 알 리 없잖아."

"이 멍청한 녀석아, 그 뒤에 CIA가 있단 말이다. 그런데 그런 사람을 죽이려고 해? 너 미쳤어?"

"뭐? 싯팔……."

그저 단순히 변호사라고 쉽게 생각해서 움직였는데 설마 그럴 줄은 몰랐던 한구호는 당혹감을 감추지 못했다.

"여기서 CIA가 왜 나와?"

"마이스터는 CIA가 자금 세탁과 운영자금 확보를 위해 만든 곳이란 말이다. 너, 마이스터가 실패하는 거 봤어?"

"크윽……."

그는 아차 싶었다.

마이스터는 실패란 없는 투자를 하고 있다.

단순히 시중에 도는 정보만으로는 절대 그럴 수가 없다.

그 말인즉슨, 뒤에 누가 있다는 것이다.

'하필이면 CIA라니.'

그렇다면 자신이 죽이려고 한 그 노형진이라는 변호사는

CIA의 요원이라는 뜻인데…….

"그쪽에서 전쟁을 선포했단 말이다."

"그건 일부 지라시가 하는 말이고."

"일부가 아니야. 그쪽에서 전화가 왔다."

한구호는 더 이상 말을 할 수가 없었다.

"우리 관계를 알고 있더군. 아마도 개입을 막으려고 하는 거겠지."

"그런…….'

그렇다면 진짜로 자신을 죽이려고 한단 말인가?

사실 부정하기에는 상황이 너무 안 좋다.

거래는 계속해서 끊어지고 있고, 어음은 가차 없이 돌아오고 있다.

심지어 돈을 받지 못한 하청 업체에서는 과감하게 아파트에 있는 건축자재를 다시 가져가고 있다.

이야기가 없었다면 말도 안 되는 소리다.

"멍청한 놈."

최재철은 한구호를 욕하면서 눈을 찌푸렸다.

둘이 친한 건 아니다. 그저 목적이 맞아서 함께했을 뿐이다.

그런데 이런 대형 사고를 쳤으니 이제 어떻게 해야 할지 답이 보이지 않을 지경이다.

"어떻게, 막아 줄 수 있겠나?"

"내가? 무슨 수로? 상대방은 CIA야."

원하면 대한민국의 대통령조차도 바꿀 수 있는 것이 그들이다.

그들은 대통령과 현 정권 그리고 정치인들의 비밀을 모두 알고 있다고 봐도 무방하다.

그런 그들을 막아 달라고?

"제발…… 이렇게 빈다. 아니, 이렇게 빕니다. 제발 한 번만 살려 주십시오."

한구호는 마음이 다급했다.

자신이 아무리 실수했다고 하지만 설마 일이 이 지경이 될 줄은 몰랐다.

"이건 내가 어떻게 할 수 있는 게 아니야."

물론 적당히 권력을 행사하면 팔각수는 살아남을 수 있다.

은행에 압력을 행사해도 되고, 아니면 적당히 사기 치는 걸 모른 척해도 된다.

하지만 그 후에는?

그 사실이 과연 CIA에 들어가지 않을까?

그들이 과연 그걸 알고도 그대로 놔 둘까?

"제발……."

"아무래도 이번은 무리야. 최대한 자금을 빼돌려서 적당히 조용히 숨어 살아."

아무리 그들이라 할지라도 개인의 재산까지 털어 가지는 않을 거라는 생각에 최재철이 해 줄 수 있는 말은 그 정도뿐이었다.

하지만 한구호의 생각은 달랐다.

돈을 챙겨 숨어 산다?

그럴 거면 그렇게 사람을 죽여 가면서 기업을 일으켜 세우지도 않았을 것이다.

그는 사람들의 우러름을 받고 싶어서 그렇게 살아왔다.

그런데 이제 와서 적당히 혼자서 잘 먹고 잘살라고?

설령 그러고 싶다고 해도 그럴 수가 없다.

그의 회사는 폭력 조직에서 시작한 곳이다.

당연히 여전히 사방에 조직원이 심겨 있으며, 더러운 일을 해 주는 녀석들 역시 존재한다.

그런데 그들을 버리고 자기 혼자 돈을 빼먹고 튄다?

잠든 사이에 배때기가 갈라져 버릴 게 뻔했다.

"그랬다가는 어떻게 되는지 알잖아!"

한구호는 버럭 소리를 질렀다.

"그렇다고 내가 해 줄 수 있는 게 뭐가 있겠나?"

상대방이 너무 안 좋았다. 다른 사람이라면 모를까.

하다못해 국내 기업이라고 한다면 압력이라도 행사해 보겠는데, 외국계 기업이다.

사실 단순한 외국계 기업이라면 그것도 어찌어찌 해결해 볼 수는 있을 것이다.

문제는, 그 기업이 CIA일 가능성이 아주 높다는 것.

'멍청하긴.'

그들을 건드리는 것은 단순히 웃음으로 해결되는 게 아니다.

만일 그들이 작심하고 자기네 당의 더러운 면을 쏟아 내기 시작한다면 이 나라에서 자기들은 살아남지 못한다.

"어쩔 수 없어. 적당히 정리하고 동남아로 피해서 살아."

최재철은 단호하게 최후통첩을 했다.

자신이 해 줄 수 있는 게 없다는 것을 명확하게 하기 위해서였다.

"크으윽."

그리고 그 말은 한구호의 눈을 뒤집히게 만드는 데 충분했다.

자신이 해 준 게 얼마나 많은데. 자신이 나라를 위해 얼마나 희생했는데. 자신이 얼마나…….

"그럴 거냐?"

"뭐?"

돌변한 한구호의 기세에 최재철은 흠칫했다.

"너, 그런 식으로 나오겠다 이거냐?"

최재철은 눈빛이 변한 한구호를 보면서 눈을 찌푸렸다.

그는 바보가 아니다. 쥐가 구석에 물리면 고양이를 문다는 것을 잘 알고 있는 사람 중 한 명이었다.

"내가 입을 열면 우리만 다치는 게 아닐 텐데."

"으음……."

최재철은 침묵을 지켰다.

틀린 말이 아니다.

사실 한구호는 자신뿐만 아니라 현 정권과도 밀접한 관계를 가지고 있다.

최재철이 아무리 권력이 대단해도 대단위 아파트 공사를 팔각수에 맡길 정도는 안 된다.

그게 가능한 이유는 한 가지, 바로 팔각수가 현 권력자들의 자금 세탁 공장 노릇을 하기 때문이다.

공사가 클수록 세탁할 수 있는 자금도 크니까.

"나 혼자 안 죽어, 이 새끼야. 나 한구호야! 한구호! 내가 혼자 죽으려고 여기까지 기어올라 온 줄 알아!"

"알았다."

최재철은 어쩔 수 없다는 듯 입을 열었다.

"내가 자리를 마련해 보도록 하지. 하지만 그게 최선이야. 알지?"

"으음……."

"적은 돈으로 해결되지는 않을 거다."

"돈?"

"그래. 설마 '죄송합니다. 한 번만 봐주십시오.'라고 말하고 끝낼 수 있을 거라고 생각하는 건 아니겠지?"

"크윽……."

안 그래도 한 푼이 아쉬워 죽을 판국이다. 그런데 또다시 돈을 내야 한다니.

"방법은 그것뿐이야. 돈을 내고 무마하든가, 아니면 망하든가."

"준비하지. 얼마면 되지?"

"한 100억이면 되겠지."

"후우……."

한구호는 한숨을 푹 쉬었다.

"현금이다. 알지? 추적되지 않는 달러로."

"알았다. 준비하지."

그날의 이야기는 더 이상 진행되지 않았다.

둘 다 더 이상은 이야기할 기분이 아니었기 때문이다.

"망할 놈. 감히 날 협박해?"

최재철은 나오면서 이를 박박 갈았다.

자신이 이 자리에 오기 위해 얼마나 고생했던가? 그런데 고작 깡패 새끼 따위가 자신을 협박하다니.

"저 새끼, 쳐 내야겠군."

한 번 이빨을 드러낸 사냥개는 다시 이빨을 드러낸다는 것을 최재철은 알고 있다.

다급한 나머지 저지른 실수일 수도 있지만, 이번 기회에 그게 무기가 된다는 사실을 알게 되었기 때문이다.

최재철이 원하는 것은 입 닥치고 조용히 혼자 죽는 사람이지 그걸 이용해서 협박하는 사람들이 아니다.

그는 바깥으로 나가자마자 어디론가 전화를 걸었다.

"접니다. 네, 조금 시끄러워졌습니다."

한구호는 정해진 시간에 정해진 장소로 향했다.

그가 빌린 렌터카는 박스로 가득했고, 그 안에는 현금으로 100억이 들어 있었다.

"젠장."

그는 돈을 생각할 때마다 속이 쓰렸다.

하지만 어쩔 수가 없다. 상대방이 너무 안 좋았다.

차라리 대기업이면 권력으로 어떻게 해 보겠는데 그럴 수 있는 대상도 아니니.

"한구호 씨?"

누군가가 부르는 목소리에 그는 고개를 돌렸다.

세단을 타고 온 한 남자가 자신을 바라보고 있었다.

"전에 뵌 그분이 아니신 것 같은데?"

어둠 속이라서 잘 보이지는 않았지만 지난번에 본 그 변호사치고는 덩치가 좀 있는 듯했다.

"거기서 일하는 분이 그분만 계신 것은 아니니까요."

"그렇군요. 저기, 지난번의 일은 사과드립니다."

그는 일단 고개를 숙였다.

아무리 돈이 아까워도 회사보다 아깝지는 않다.

이번 일만 해결되면 어떻게 해서든 자신은 다시 일어날 수 있다.

적당히 뇌물을 쓰면 감시자들이 없는 제2 금융권에서 돈을 받을 수 있을지도 모르고.

"괜찮습니다. 그런데 뒤에 오신 분들은……?"

"아, 제 경호원입니다. 아무래도 밤에 혼자 다니기가 걱정이……."

말을 하면서 고개를 돌린 한구호는 순간 얼어붙었다.

자신의 경호원? 아니, 조직원들이 누군가에게 끔살당하는 모습이 두 눈에 들어왔기 때문이다.

우두둑.

조용한 밤, 아무도 없는 공간에서 그들의 목뼈가 부러지는 소리만 사방에 울려 퍼졌고, 목이 돌아간 남자들은 그대로 주저앉아 버렸다.

"이……."

일이 잘못된 걸 깨달은 그가 몸을 돌리려고 했을 때, 무언가 차가운 것이 그의 코와 입을 틀어막았다.

"끄르르륵!"

그는 아차 하는 생각에 살기 위해 몸부림쳤지만 채 1분도 지나지 않아서 몸이 축 늘어졌다.

"쓸데없는 놈들을 데리고 다니는군."

한구호를 잠재운 남자는 쓰러진 그와 경호원들의 시체를

번갈아 보면서 눈을 찌푸렸다.

"시체는 차에 태우고 한구호는 2팀이 처리해."

"알겠습니다, 팀장님."

"돈은 확실하게 챙겼지?"

"네. 돈에 이상은 없습니다."

"어차피 가지고 가면 위폐 감별해 봐야 하니까 시간 끌지 마. 주변 확인은?"

"없습니다."

"좋아. 빨리 움직여."

그들은 조용히 그곳을 떠나기 시작했다.

그리고 그들이 떠난 지 얼마 되지 않아서, 어둠 속의 숲에서 한 무리의 사람들이 나와서 어디론가 분분히 사라졌다.

혹시나 주변에 다가오는 사람이나 감시하는 것이 있을까 봐 왔던 지원 팀으로, 아무런 흔적이 없는 것을 확인하고 장소를 떠난 것이다.

하지만 그들이 미처 알아채지 못한 것이 있었다.

위이잉.

모두가 떠난 그곳, 그 조용한 공간에 울리는 낮은 모터음.

그 소리는 하늘에서 들려오고 있었다.

그렇게 날아간 드론은 좀 떨어진 언덕에 있는 노형진에게 조용히 다가왔다.

"완벽하게 촬영했습니다."

촬영기사가 모니터를 건네주자 노형진은 그곳에서 벌어진 일을 보고는 눈을 찌푸렸다.

"녹음기는 확실하게 설치했겠지요?"

"네. 송출 형식도 아니고 그냥 녹음하는 것일 뿐이니 저들도 찾지 못했을 겁니다."

만일 찾았다면 저들이 저렇게 돌아갈 리 없다.

"이 두 개를 합치면 상황이 정확하게 나올 겁니다."

"그렇겠지요. 혹시 모르니 녹음기는 사흘 후에 찾으러 가세요, 감시자가 남아 있을지도 모르니."

"네."

"고생하셨습니다."

"별말씀을요."

촬영기사는 더 이상 말하지 않았다. 그는 경호 팀에서 뽑은, 이런 쪽으로는 입이 무거운 사람이다.

"후우."

노형진은 동영상의 모습을 보면서 왠지 쓴웃음이 나왔다.

과거의 자신과 너무 겹쳐 보였기 때문이다.

"설마 저 인간도 회귀하지는 않겠지?"

문득 그렇게 생각한 노형진은 머리를 흔들어서 잡생각을 떨쳐 냈다.

"좋은 기분은 아니네."

최재철이 어떤 식으로든 한구호를 처리할 거라는 것쯤은 알고 있었다. 그래서 그동안 계속 한구호를 몰래 감시해 왔다.

그 결과, 그가 끌려가는 증거를 잡아낼 수 있었다.

"이게 공개된다면 아마 난리가 나겠지."

노형진은 씁쓸하게 중얼거렸다.

"그런데 할 수가 없다는 게 참……."

지금 공개해 봐야 이건 묻혀 버릴 것이다.

누가 했는지 증거도 없으니 말이다.

아니, 있겠지만 부정할 테니, 그걸로 끝일 것이다.

"좋게 생각하려야 할 수가 없네."

어찌 되었건 자신은 한구호의 죽음을 방치했다.

아니, 한구호뿐만이 아니다.

최재철의 비밀을 알고 있는 극히 일부는, 아마도 조만간 사고사 또는 실종이라는 비극적 결말을 맞이할 것이 뻔했다.

그걸 알면서도 노형진은 막을 수가 없었다.

안 하는 것이 아니라 못 한다. 그들의 힘은 여전히 강력하고, 그들의 눈은 여전히 사방에 깔려 있다.

"조금만 기다려라……."

때가 되면 그때는 이 모든 것이 드러날 것이다.

그리고…….

"그때가 너희의 끝이다, 최재철."

노형진은 영상이 들어 있는 USB를 꽉 잡으면서 작게 중얼거렸다.

　－중견 건설 회사 팔각수의 한구호 사장이 변사체로 발견되었습니다. 한구호 사장은 일주일 전 렌터카를 몰고 나간 이후 연락이 두절되었으며, 오늘 낮 10시경 팔당호에서 차량과 함께 발견되었습니다. 경찰은 한구호 사장이 얼마 전 1차 부도 이후에 절망감을 이기지 못하고 자살한 것으로 추정하고 있으며, 팔각수는 이에 비상대책위원회를 구성하고 있습니다. 팔각수는 2차 부도는 어떻게 해서든 막겠다는 입장이지만 현재로써는 2차 부도의 가능성이 아주 높으며…….

"결국 이렇게 되네."
손채림은 눈을 찌푸리며 말했다.
뉴스에서는 연일 팔각수의 부도를 이야기하고 있었다.

승승장구하던 곳이 이렇게 갑자기 망할 수 있다는 게 놀라울 정도였다.

"결국 자충수에 빠진 거지."

단순히 한구호만 죽은 게 아니다.

과거의 비밀이나 현재의 비밀을 알고 있는 거 대부분 결국 높은 직위를 가진 사람들이다.

그런 그들이 갑자기 사라지거나 공포에 떨면서 눈치를 보기 시작하자 기업이 제대로 돌아갈 리 없다.

"조폭들이 돈을 벌더니 세상이 너무 만만해 보인 거지."

권력이 무서운 것은, 그걸로 얼마든지 망하게 할 수 있기 때문이다.

반대로 재력이 무서운 것은 돈만 충분하다면 그 권력조차도 살 수 있기 때문이고.

그리고 지금 팔각수가 가진 돈은, 권력을 사기에는 너무나 부족했다.

"결국 답은 정해진 거야."

팔각수는 망할 테고, 정부에서는 그들을 철저하게 박멸할 것이다.

최재철의 비밀과 그 이후에 벌어진 탈세 및 자신들의 자금 세탁 흔적을 모조리 지워야 하니까.

"아깝네."

"뭐가 아까워?"

"그냥, 우리가 못 쓰러트려서."

손채림은 팔각수를 직접 쓰러트리는 것을 간절히 원했다.

하지만 사실상 남의 손을 빌려서 쓰러트리는 것이나 마찬가지인 셈이다.

"어쩔 수 없어. 팔각수는 그렇다고 치고, 아직 최재철을 상대하기에는 너무 위험해."

이번 사건으로 그는 노형진과 새론을 정확하게 인지했을 것이다, 그것도 아주 안 좋은 쪽으로.

"다만 다음 선거를 위해 모른 척하고 있겠지."

노형진이 CIA라 착각하고 있고, 거기에다 마이스터와 밀접한 관련이 있다고 생각한다.

여기서 그들이 움직이면 자기들 정권이 다음 대선에서 승리하지 못하니 당분간은 모른 척할 것이다.

'하지만 다음번에는 또 모르지.'

그들은 온갖 패악질과 협작질로 정권을 잡는 데 성공한다. 그리고 그 후에 나라를 철저하게 망가트린다.

오로지 자신들의 이권을 위해서 말이다.

"그건 막아야 하는데."

노형진은 걱정스럽게 중얼거렸다.

문제는 그들의 협작질이 너무 광범위하고 폭넓어서 도무지 자신의 힘으로는 막을 수 있는 수준이 아니라는 것이다.

막말로 방송국, 국정원, 경찰, 검찰, 법원, 심지어 군대까지 나서서 조작하고 있는데 자기가 할 수 있는 게 뭐가 있단 말인가?

"흠……."

"왜?"

"아니야. 그냥 생각 좀 하느라고. 일단은 우리 일부터 해결하자. 그나저나, 곤란한 사건이 들어왔다면서?"

"아, 맞다."

손채림은 바깥으로 나가더니 커다란 상자 하나를 가지고 들어왔다.

그 상자의 정체를 알고 있는 노형진은 순간 아연실색했다.

"설마 그게 다 사건인 건 아니지? 그걸 나 혼자서 어떻게 다 하라고?"

그건 서류를 보관할 때 쓰는 종이 박스였다.

보통 종료된 사건의 서류는 법률에 의거해서 5년 이상 보관해야 하기 때문에 시기별로 박스에 담아서 정해진 창고에 보관한다.

당연히 그 박스는 절대 작은 게 아니다.

그런데 그 안을 꽉 채운 서류라니?

"다 사건인 건 아니야."

"다 사건인 게 아니라면, 왜 가지고 온 거야?"

"사건'들'이야."

노형진은 눈을 찌푸렸다.

사건들과 사건. 그건 비슷하면서도 다른 이야기다.

"사건'들'이라는 건 여러 가지라는 건데, 내가 아무리 잘났어도 그 정도 사건을 한꺼번에 해결할 수 있는 것 같지는 않은데?"

"다르지만 비슷한 사건들이야. 그동안 쌓여 온 사건들이지."

"쌓여 온 거라고?"

노형진은 고개를 갸웃했다.

그동안 쌓인 사건이라니?

사건을 진행도 안 하고 가만뒀단 말인가?

'그럴 리 없는데.'

그랬다면 자신이 이미 알았어야 한다.

애초에 의뢰인들이 가만히 두고 볼 리도 없고.

"도대체 몇 건이나 되는데?"

"일단 사건 수는 마흔 건인데 사건 자체는 한 건이야."

"뭔 소리야?"

"영강건설 사건 기억해?"

"아…… 그 사건? 기억하지. 하지만 그건 해결된 거 아니야?"

노형진이 기억하는 영강건설 사건은 간단한 것이었다.

건설사 하나가 온천이 있는 대형 리조트를 만든다고 투자를 받았던 사건.

하지만 그 땅은 애초에 남의 땅이었고 리조트를 만드는 것이 불가능했다.

온천이라는 것도 좀 떨어진 곳에 보일러를 숨겨 두고 물을 데워서 뽑아낸 것이고 말이다.

워낙에 확실한 사기 사건이었고 또 그 피해 금액이 컸기 때문에 송정한이 나서서 담당했다.

그러나 그건 벌써 3년 전의 일이다.

설혹 문제가 있었다고 해도 벌써 끝났어야 하는 사건인 것이다.

"사건 자체야 끝났지. 그런데 그 이후가 문제야."

"문제?"

"돈을 받지 못하게 되었거든."

"응? 왜?"

"뻔한 거 아냐? 그 정도 사건을 심심해서 벌이지는 않았을 테니."

"아아."

사건 규모에 비해서 워낙 사기의 증거가 명확했기 때문에 노형진이 나서지 않았던 것은 사실이나, 그 이후에 문제가 된 것이다.

"돈이 없구나."

"그래. 그 짧은 시간에 돈을 모조리 빼돌렸더라고."

"음……."

"승소하기는 했어, 형사도, 민사도."

형사에서 징역 2년 6개월이 나와서 사기를 친 가해자는 이미 형기를 채우고 출소한 상황이다.

그리고 민사 역시 피해액인 60억과 정신적 위자료, 이자까지 해서 80억을 토해 내라는 판결이 나왔다.

하지만 그뿐이었다.

"그 이후에 우리 쪽에 의뢰가 없었지만……."

"하긴, 그렇기는 하지."

자신들이 채권 회수 팀을 가지고 있지만 그건 이런 쪽으로는 아니다.

소액 기준으로 해 주는 것이 보통이고, 이런 큰 금액은 다른 기업이 해 준다.

"문제는 그 녀석에게 돈이 없다는 거야."

"음……."

사기를 치자마자 잡혀 들어간 녀석에게 돈이 없다면, 답은 하나뿐이다.

감춘 것.

그렇게 돈을 감추고 주지 않는 경우, 법률적 한계로 인해 피해자들은 더 이상 할 수 있는 것이 없다.

"그래서 그걸 찾아 달라고 의뢰가 들어온 거야?"

"그래."

"어이가 없구먼."

피해자만 마흔 명이고 피해액은 60억, 배상액이 80억짜리 사건인데 한국 법원의 고질적인 문제로 인해 고작 징역 2년

6개월을 살고 나오고 끝이라니.

"그 돈을 진짜로 다 썼을 리는 없고. 그렇다고 빚을 갚는 데 쓴 것도 아닐 테고."

"작심하고 어딘가에 감춰 둔 거지."

"개자식이네."

사실 상식적으로 징역 3년쯤 살고 난 후에 60억이 넘는 돈을 챙길 수 있다면 누가 사기를 치지 않겠는가?

"악착같이 받아 내야 하는데 말이지."

"문제는 그게 안 된다는 거잖아."

채권자가 따라다닌다고 해서 순순히 내놓을 것도 아닐뿐더러, 이쪽도 생계를 유지해야 하니 현실적으로 불가능한 일이다.

그리고 그런 식으로 따라다니면서 채권을 회수하는 것은 현행법상 위법이다.

"와, 이거 골 때리기는 하네."

"그러니까. 사건이 우리한테 배당되고 난 후에 사건 기록을 찾아봤는데, 이건 방법이 없더라고."

사기꾼인 홍준태는 철저하게 자신의 재산을 처분했다.

살던 집도 빼고, 차량은 팔아 버리고, 계좌는 해지했고, 심지어 보험도 해약했다.

남은 것은 법적으로 압류할 수 없는 의료보험과 국민연금 수준.

그나마도 최소 금액을 넣은 상황이다.

"사기를 칠 생각으로 이미 모든 재산을 빼돌린 이후였어."

"가족은? 보통은 가족 명의로 돌리잖아."

"가족으로 아들 하나, 딸 하나 그리고 아내가 있는데, 셋다 재산이 없어."

"음……."

보통 사기꾼들은 재산을 빼돌려서 가족 명의로 해 둔다.

그렇게 해서 배상을 막으려고 하는 것이다.

하지만 요즘은 그렇게 해도 법원에서는 사기의 이익으로 봐서 압류하기 때문에 다른 방법을 쓰는 경우가 많다.

"현금으로 감춰 놨다 이거군."

"그런 것 같아. 사건 전후를 보면 전액 현금으로 찾은 것으로 되어 있으니까."

그러니까 모든 재산을 빼돌리고 난 후에 느긋하게 감옥에 갔다 왔다는 소리다.

그리고 이제부터는 떵떵거리면서 잘살 테고.

"지금 사는 곳은?"

"지방의 펜션이야. 듣기로는 현금으로 선불로 내고 있다고 해."

"확실히 돈이 없는 건 아니군."

보증금을 내면 분명히 압류가 들어올 걸 아니까 아예 선불로 펜션을 빌리는 것이다.

여름이고 하니 휴양하는 셈 치고 말이다.

"피해자들 말로는 모든 걸 다 현금으로 계산한대."

"신용카드나 계좌는 전혀 없고?"

"당연하게도."

"음…….."

노형진은 머리를 북북 긁었다.

이건 사실 방법이 없다.

추심 업체에서 작심하고 달려들어도 애초에 주지 않을 생각으로 버티고 있으니, 그쪽도 방법이 없다.

"아마도 어딘가에 금고를 숨겨 두고 거기서 몰래 빼 오는 모양이야."

"집 안은 아닐 테지."

"그렇겠지."

그랬다면 이미 빼앗아 왔을 테지만.

"그래서 피해자들이 다시 회수를 맡긴 거야?"

"다른 변호사 사무실에 가도 방법이 없다고 했대."

"그건 사실이니까. 채권 추심 업체는?"

"그곳도."

맡기기는 했지만, 애초에 없다고 딱 잡아떼고 철저하게 무시로 일관하는데 그들이라고 방법이 있을 리 없다.

거기에다가 주소지가 정해진 것도 아니고 3개월 간격으로 현금으로 집을 빌려 가면서 이리저리 도망다니는 형편이니

더더욱 방법이 있을 수가 없다.

"흠…… 이건 사실상 법으로 어떻게 할 수가 없을 것 같은데?"

"그렇지."

손채림의 말에 노형진은 고개를 끄덕거렸다.

그가 정치 쪽으로 선이 닿아 있고 포기할 수 없는 뭔가를 하고 있다면 그쪽으로 공략하면 되지만, 아예 배 째라는 자세로 버티면 방법이 없다.

사실 60억이면 그렇게 한량으로 평생을 먹고살고도 남는 돈이다.

거기에다 시간이 지나서 채권자들이 포기할 때쯤 돼서 은행에 넣어 두면 그 이자만으로도 평생 먹고살 수 있을 것이다.

"아무래도 이건 대표님이랑 이야기를 해 봐야겠는데."

송정한이 담당했던 사건인 만큼 그에게 사정을 정확하게 물어봐야 할 듯했다.

⚖

"아, 홍준태 사건 말이군."

"네. 그 사건의 채권 추심이 다시 들어와서 좀 알아야겠습니다. 도대체 왜 고작 2년 6개월이 나온 겁니까?"

"아…… 그 새끼가 머리를 좀 썼어."

"전관이라도 쓴 건가요?"

"그건 당연한 거지. 뭐, 그 녀석이 머리를 쓴 건지 아니면 그 전관이 머리를 쓴 건지 모르겠지만."

사건 당시에 홍준태는 자신의 잘못을 뉘우친다면서 최대한 배상액을 갚겠다고 눈물을 흘렸다고 한다.

거기에다가 변제에 대한 공탁금으로 2억을 걸어 두기까지 했다는 것.

"진짜 머리 잘 썼네요."

"그렇지."

한국은 화이트칼라 범죄, 그러니까 이런 사기 같은 것에 대해 상당히 관대하다.

수백억을 해 처먹어도 3년 이상 나오는 경우가 드물다.

거기에다가 배상하겠노라고 2억이나 걸어 놨으니.

"뻔하네요. 판사는 뇌물을 받아 처먹었을 테고, 공탁도 걸었을 테고."

"그렇지. 게다가 그 녀석, 초범이거든."

"네? 초범요?"

"그래. 그런 놈들 있잖아, 어차피 할 거면 아예 크게 저지르자는 놈들. 딱 그런 놈이야."

"아…… 이런 개 같은 경우가."

딱 '선처의 삼위일체'다.

초범에, 반성하고, 배상을 위해 노력한다.

거기에다가 화이트칼라 범죄에 자비로운 법원의 성향까지

붙어서 고작 2년 6개월밖에 안 나온 것이다.

"그리고 배상은 더 이상 안 하겠지요?"

"그래."

형사야 자기가 감옥에 가는 문제이니 최대한 선처를 요청하고 비는 척하겠지만, 민사야 나와도 어차피 갚을 생각이 없으니 막나갔을 것이다.

"결국 이기기야 했지만, 그 이후에 이 꼴이 난 거지."

송정한은 안타깝다는 듯 서류를 살피며 말했다.

"몇 번이나 그 녀석 뒤를 캐 보고 사람을 붙여 봤지만 어디에 감춰 놨는지 돈을 찾을 수가 없더군."

"이거 참…… 골 때리는 새끼네요."

"그런데 이런 놈들 많잖아?"

"그건 그렇지요."

홍준태야 금액이 커서 상대방이 포기하는 것뿐이지, 사실상 그런 식으로 돈을 주지 않고 버티는 인간들은 수두룩하다.

"제가 체계화하기를 원하시는군요."

"그렇다네. 이런 사건이 워낙 많아야지."

사기를 치고 나서 감옥에 갔다 오면 떵떵거리면서 살 수 있으니 누구나 사기를 치는 데 집중하는 것이다.

"사기뿐만이 아니지 횡령도 있지."

"아……."

횡령은 사기보다 더 심각하다.

멀쩡하던 회사가 한순간 망해서 그곳에서 일하던 사람들이 모조리 백수가 되고 그 가족들의 생계조차도 불투명해지기 때문이다.

범인은 자신의 배를 채운 것뿐일지 모르지만 그로 인해 돈이 없어서 병원비가 없어서 죽는 경우도 있고, 심각한 경우 일가족이 자살한 일도 있다.

개인의 욕심이 사회에는 파멸로 다가오는 것이다.

"그런데 한국은 사기에는 워낙 관대해서."

"그러게요."

해외에서는 그런 경우 어마어마한 처벌을 내린다.

돈을 찾을 수 없다면 너 역시 돈을 쓰지 못한다는 것을 확실하게 하기 위해서다.

하지만 한국은 그렇지 않은 것이 현실.

'당연하지. 사기를 치는 놈들이 그놈이 그놈들인데.'

사기꾼들이 가장 좋아하는 것이 바로 정치인이다.

그들을 백으로 얻으면 어떤 사기를 치든 금방 나올 수 있는 데다, 정치인 역시 뇌물로 적잖은 돈을 받아 낼 수 있는 상대라 사기꾼들을 선호하기 때문이다.

심지어 회장이라는 작자들조차도 당당하게 횡령하는 것이 한국의 현실이다.

그래 봐야 법원에 가면 국가의 경제를 위한다면서 집행유예로 풀어 주니까.

'웃긴 거지.'

그들의 횡령으로 국가 경제가 흔들리는데, 그들이 있어야 국가가 돌아간다면서 풀어 준다니.

"그런 놈들이야 회사에서 보호하니 그렇다고 쳐도, 이런 놈들까지 보호하다니, 원."

송정한은 짜증이 난다는 듯 얼굴을 찌푸렸다.

조용히 듣고 있던 손채림은 고개를 갸웃했다.

"그러면 차라리 강제로 일하게 하면 안 되나요? 그래서 월급을 받게 하고 그걸 우리가 가지고 온다거나."

"그건 안 돼."

노형진은 고개를 흔들었다.

"직업선택의자유는 단순히 법의 문제가 아니라 헌법의 문제야."

대한민국의 헌법 15조에 따르면 직업선택의자유가 있다고 되어 있다.

"그리고 그 안에는 일하지 않을 자유도 포함되지."

"하지만 현실은 그렇지 않잖아?"

"현실은 언제나 법을 무시하지. 특히나 힘이 없으면 더."

직업을 선택할 수는 있지만, 그 전에 취업이 가능하긴 한지 걱정해야 되는 게 한국의 현실이다.

그러니 직업을 선택하는 게 아니라 직업이 자신을 선택해 주기를 바라는 처지다.

"그리고 그렇게 해서 취업을 한다고 한들 무슨 의미가 있 겠나."

어차피 강제로 취업한 거고 돈을 갚을 생각이 없는 만큼이 나 일도 하기 싫을 것이다.

그러니 제대로 일도 하지 않아 결국 일하는 회사에 피해만 입힐 뿐이다.

"그러면 진짜 방법이 없나?"

"뭐, 그 녀석의 뒤를 캐서 돈을 숨겨 둔 곳을 찾는 것도 방 법이기는 한데⋯⋯."

문제는 그도 그걸 알고 있다는 것이다. 그러니 들켰다고 해서 호락호락하게 넘겨줄 리가 없다.

결국 찾아낸다 해도 받아 내기가 쉽지 않고, 설혹 어떻게 든 방법을 강구한답시고 돈을 훔치거나 해 버리면 그건 전혀 다른 문제가 되어 버린다.

"웃긴 일이지만 말이야, 내 돈이라도 훔치는 건 또 불법이 란 말이지."

과거에도 어떤 기업의 사장이 부려 먹기만 하고 월급을 주 지 않자 직원이 수익금 일부를 훔친 사건이 있었다.

당장 아내의 병원비가 필요했기 때문이다.

사장은 그를 절도로 신고하고 해직한 후 손해배상을 요구 해, 결국 자살 직전까지 몰리게 만들었다.

그가 밀린 월급이 800만 원인 데 비해 훔친 돈은 고작 120

만 원.

즉, 사장은 돈이 없어서 월급을 주지 못한 게 아니었다.

영영 주지 않을 기회만 찾고 있었던 것이다.

"내 돈이라고 할지라도 남이 가지고 있으면 남의 돈이야."

"이거, 답이 없네."

노형진의 말에 손채림은 머리를 북북 긁었다.

"이거 참…… 위법적으로 어떻게 할 수 있는 것도 아니고, 확 일본으로 보내 버릴 수도 없고."

송정한은 우울하게 말해 버렸다.

"일본요?"

"거기가 일당이 세지 않나. 그곳에 가서 일하면 많이 벌어 오겠지."

"아아아."

일본 원자력발전소 청소.

한 달에 1천만 원이 넘는 돈을 주는 곳.

말 그대로 목숨 걸고 일하는 곳이다.

"오, 좋은 생각이네요."

"응?"

"갑자기 좋은 생각이 났습니다."

노형진이 정말 좋은 생각이 난 듯 갑자기 싱글싱글 웃기 시작하자 두 사람은 영문을 몰라 노형진을 바라보았다.

"좋은 생각이라니?"

"요즘 일본이 인건비가 비싸지요?"

"당연히 그렇지. 거기는 한국보다 환율이 높잖나?"

"그러니까 일본에서 일하라고 하지요?"

"네가 아까 직업선택의자유 어쩌고 한 지 채 10분도 안 지났거든?"

손채림이 어이가 없다는 표정으로 말하자 노형진은 손가락을 까딱거렸다.

"알아. 직업선택의자유는 인정하지. 하지만 우리나라에도 있잖아, 직업소개소. 그건 불법이 아니지."

"우리가 소개한다고 그 새끼가 일을 하겠어?"

일을 한다고 하면 이렇게 고민할 필요가 없다.

노형진도 그걸 알고 있다.

"알아. 하지만 반대로 생각하면 되잖아."

"응?"

"일을 하지 않을 수 없게 만들면 되는 거야, 후후후."

노형진은 눈을 반짝이고 있었다.

⚖️

"이번 거래, 기대하고 있습니다."

싱긋싱긋 웃는 남자.

그의 눈은 웃고 있지만 절대 그 내면이 웃고 있는 것은 아니었다.

"전에 오신 분하고는 다른 분이시네요."

"덕분에 승진해서 본국으로 돌아가셨지요."

"아아, 그래요?"

노형진은 그를 보면서 미소를 지었다.

그는 야쿠자다.

일본의 폭력 조직이며 또한 어둠계의 큰손이다.

"지난번에 수익이 많이 났나 보군요?"

"열 배 이상요."

노형진은 싱긋 웃었다.

과거 노형진이 성화와 싸울 때 노형진은 스카우트를 하면서 성화 임직원의 비리를 가지고 오는 사람들에게 보너스를 준 적이 있었다.

그걸 경찰에 신고해 봐야 어차피 무마될 것이 당연하기에 노형진은 그 대신에 해당 비리를 야쿠자에게 팔았다.

야쿠자는 자신들의 본성대로 해당 비리를 가지고 성화 임원들을 협박했고, 그들은 비리를 감추기 위해 자신의 돈뿐만 아니라 성화의 돈까지 횡령해서 가져다 바쳤다.

그 덕분에 성화는 내부가 급속도로 썩어 갔고, 그 사건은 흔들리던 성화를 무너지게 만들기 충분했었다.

"다만 성화가 무너진 것이 좀 아쉽습니다."

"아쉽지요."

자신을 '코진'이라고 소개한 야쿠자는 참으로 아쉬운 얼굴이었다.

하긴, 성화가 무너지지 않았다면 아마 그들은 지금도 성화의 피를 빨아먹고 있을 테니까.

"그나저나 그 이후에 연락이 없으시더니 어쩐 일로 연락을 다 하신 거지요?"

"당연히 돈이 될 만한 걸 만들고 싶어서요."

"돈이라⋯⋯."

히죽 웃는 코진.

그가 그걸 거부할 이유는 없다.

과거에 한국에서 노형진과 거래한 사람은 그 업적을 인정받아 본국으로 가서 한자리 차지하는 데 성공했다.

사실상 한국에 보내지는 것이 좌천이라 불리는 상황에서 말이다.

그리고 그건 여전히 마찬가지.

'하지만⋯⋯.'

만일 자신이 다시 한 번 대박을 터트린다면, 자신 역시 본국으로 가서 한자리 차지할 수 있을지도 모른다.

"일단 들어 볼까요?"

"간단합니다. 채권 구입 회사를 차리는 거죠."

"채권 구입 회사?"

"네. 야쿠자에서 그걸 받아 내는 겁니다."

"그건 좀 그렇군요."

코진은 곤란한 듯 말했다.

"한국에도 회수 회사는 많습니다. 우리가 거기에 끼어든다고 그다지 수익이 날 것 같지도 않고요."

어찌 되었건 한국에서는 일본에 비해 야쿠자가 활동하는 것이 쉽지 않다.

자신들과 손잡고 소위 사바사바하는 자들도 있지만, 아무리 썩어도 한국인들이 가지고 있는 반일 감정 탓에 자신들을 잡아먹으려고 드는 자들도 있기 때문이다.

'물론 일본이라면 적당히 주물러 줄 수도 있지만.'

국제적으로 말하지 않을 뿐, 일본 정부의 상당수는 야쿠자와 긴밀한 관계를 가지고 있다.

일본은 민주주의국가로 보일 뿐 사실상 일당독재의 독재국가 형태를 띠고 있기 때문이다.

'한국은 그게 안 된단 말이지.'

그래서 자신들이 쉽사리 주먹을 쓸 수는 없다.

"압니다."

노형진은 고개를 끄덕거렸다.

"물론 사람을 패 죽이거나 장기를 내다 팔라는 게 아닙니다."

"그럼?"

"일본에다가 직장을 구해 달라는 거죠."

"일본에?"

"네. 천하의 야쿠자가 일자리 하나 구하지 못하겠습니까?"

코진은 눈을 찌푸렸다.

노형진이 노리는 게 도대체 뭔지, 알 수가 없었던 것이다.

'만만한 녀석이 아니라더니.'

인수인계할 때 들었던 것이 바로 노형진을 조심하라는 말이었다.

그는 야쿠자를 좋아하지 않는다고.

하지만 그것 이상으로 자신들을 이용하려 들 것이라고.

'우리 쪽에 도움이 되는 거라면 거절할 이유가 없지만.'

이용만 당하는 것은 절대 사절이다.

"음……."

코진은 말을 하지 못하고 잠깐 침묵을 지켰다.

사실 이 정도 일은 자신의 권한 내에서 할 수 있는, 어렵지 않은 일이다.

그러나 노형진이 뭘 노리는지 알 수가 없다는 게 마음에 걸렸다.

만일 한국 정부와 짜고 자신을 노리는 거라면 그것도 또 곤란한 일이다.

"뭐가 걱정되시나 봅니다?"

"솔직히 말하지요. 난 당신을 믿지 않습니다. 왜 우리에게 이런 이야기를 하는 건지, 이유를 모르겠군요."

돌려서 말해도 되겠지만 상대방은 변호사, 그것도 유능하기로 소문난 변호사다.

자신이 이리저리 돌려서 말해 봐야 결국 자기 속셈을 감출 수 없다는 생각에 코진은 아예 대놓고 물어봤다.

"제가 노리는 건 여러분이 아닙니다. 제가 노리는 건 사기꾼들이지요."

"사기꾼?"

"네. 한국의 사기꾼들요."

"그들을 당신이 왜 노립니까? 그리고 그들을 잡는 게 우리에게 무슨 의미가 있지요?"

"돈이지요."

"돈?"

"네. 전국에서 벌어지는 사기의 10퍼센트 정도 되는 돈이면 될까요?"

"까짓거 몇 푼이나 한다고."

"뭐, 상황마다 다르겠지만, 한국에서는 매년 2조 이상의 사기 피해가 발생한다고 보시면 됩니다."

"2조?"

그는 잠깐 움찔했다.

사기 피해액이 그렇게 많을 줄은 몰랐던 것이다.

'뭐, 그중 절반 이상은 대책이 없지만.'

사기꾼이 힘을 가진 자이거나 소액 사기라 이런 행동을 하기에는 부적절한 경우도 있다.

어찌 되었건 그렇다곤 해도 매년 사기로 인한 피해는 1조 가까이 되거나 그 이상이다.

한 건으로 조 단위 사건을 벌이는 놈도 있으니까.

"그런데요? 그건 우리와 상관없지 않나요?"

"상관없지요. 한국 법으로는 어찌할 수가 없구요."

"그래서?"

"우리가 당신들에게 소개하면, 당신이 그들에게 강제로 직업을 소개해 주면 됩니다."

"강제로?"

"네, 강제로."

이해가 가지 않는다는 표정이 되는 코진.

일을 한다고 해서 사기꾼이 얌전히 돈을 갚을 리 없지 않은가?

"물론 조건이 좀 있지요."

"조건?"

"네. 첫째, 철저하게 고립된 환경일 것. 두 번째, 기숙사 등을 운영하면서 일하게 되어 있을 것. 세 번째, 모든 월급은 피해자들에게 지급될 것."

"그런 곳에서 일할 리 없을 텐데?"

"한국이라면 그렇지요. 하지만 일본이라면?"

코진은 노형진이 뭘 노리는지 알아차리고는 씨익 웃었다.

"일본은 한국의 법이 통하는 곳이 아니니까요."

"으ㅎㅎㅎ. 하긴, 일본에서도 빚을 못 갚으면 막 부려 먹지요."

한국에서는 그들이 정부의 보호를 받으며 살 수 있을지 몰라도 일본은 아니다.

일본의 야쿠자는 돈만 받아 낼 수 있다면 한 사람의 인생 따위, 상관도 하지 않는다.

게다가 이도 저도 안 되면 내장이라도 꺼내서 팔면 그만이다.

그들은 야쿠자고, 야쿠자는 법 따위는 지키지 않는다.

"우리의 이름을 빌리겠다?"

"틀린 말은 아니지요."

노형진의 계획은 간단했다.

사기를 쳐서 돈을 감추고 주지 않는다?

그러면 그 돈을 못 쓰게 만들면 그만이다.

한국에서야 돈을 뱉어 내지 않고 버티는 게 가능할지도 모르지만 일본은 야쿠자가 있어서 그런 식으로 구는 것이 불가능하다.

"하지만 누가 봐도 범죄인데? 정부에서 가만있지 않을 텐데요? 우리한테 돈을 찾아 달라고 맡기는 것 자체가 불법이될 텐데?"

"압니다. 찾아 달라고 한다면 청부가 될 수도 있지요."

노형진도 안다. 그렇기 때문에 여기서는 자신이 필요한 것이다.

"하지만 채권의 거래라면 청부가 아니지요."

"채권의 거래?"

"네. 일부 채권을 우리가 사면 피해자들이 청부한 게 아니게 됩니다. 그저 가지고 있어 봐야 쓰레기인 채권을 판 게 될 뿐이지요."

"아하!"

그리고 그걸 핑계로 야쿠자는 그들을 협박할 수 있다.

물론 한국에서 협박해 봐야 그다지 도움이 되지 않을 것이다.

분명히 그들은 도망갈 테고, 숨어서 살려고 할 것이다.

'하지만 일본이라면 어떨까?'

옛날부터 빚을 갚지 못하면 일본으로 팔려 간다는 이야기가 많았다. 반쯤은 사실이다.

'그리고 그들이 순순히 끌려갈 리 없지.'

대부분의 경우 야쿠자에게 반강제로 끌려가며, 당연히 그 과정에 밀입국 등의 방식을 쓰기도 한다.

사람 서너 명 납치해서 밀입국시키는 것은 야쿠자에게 아무런 문제도 되지 않는다.

"제가 당신들의 이름으로 회사를 만들 겁니다. 그리고 채권의 일부를 살 거구요."

"우리는 그 사기꾼들에게 겁을 주면 된다 이거지요?"

"네. 정 안되면 일본으로 고이고이 모셔 가면 됩니다. 물론 그건 최악의 경우일 때의 이야기지만요."

물론 그가 그 사실을 알게 된다면 일부라도 갚고 풀려나려고 할 것이다.

　하지만 그때는 전부를 다 토해 내기 전까지는 그곳에서 나오지 못할 것이다.

　'야쿠자가 딴마음을 먹을 수도 있지만…….'

　그건 자신이 알 바 아니다.

　자신은 돈만 받아 내면 그만이다.

　만일 중간에 야쿠자가 돈을 횡령한다면 자신들은 받은 게 없기 때문에 그들은 영영 지옥에서 나오지 못하게 된다.

　그리고 최악의 경우, 그 돈을 빼돌린 야쿠자가 입을 다물게 하기 위해 그를 죽여 버릴 수도 있다.

　'그러면 아쉽기는 하지만…….'

　돈을 못 받아 낼 수도 있다.

　하지만 일벌백계는 될 수 있다.

　사기를 쳐서 돈을 빼앗으면 야쿠자에게 목숨을 잃는다.

　그런데 과연 지금처럼 사기를 치고 느긋하게 살 수 있을까?

　사기를 당해서 전 재산을 잃어버린 사람들에게 과연 자비를 구걸할 수 있을까?

　아마도 돈을 못 받게 된다면 그들은 가해자의 죽음을 원할 것이다.

　"저희가 그 돈을 찾으면 10퍼센트를 드릴 겁니다."

　"10퍼센트라……."

1조만 해도 매년 1천억이다. 전임자가 번 돈보다 훨씬 더 많다.

"우리가 만일 그들에게서 강제로 뜯어낸다면?"

즉, 중간에 꿀꺽하는 것은 생각 안 하느냐는 질문.

"그러면 거래는 끝이지요. 범죄 조직이 야쿠자만 있는 건 아니니까요."

"간땡이가 부었군."

"때로는 간땡이가 부어야 정의를 지킬 수 있지요. 말만으로는 아무것도 못 하니까요."

코진은 씩 웃었다.

나쁜 조건은 아니다.

어차피 있는 라인을 이용하는 것뿐이고, 야쿠자 이름으로 추심 업체를 만드는 거야 어렵지 않으니까.

"단, 직업은 제가 인정하는 것만 가능합니다."

"어차피 더럽고 힘들고 인정 못 받는 걸 찾는 거 아닙니까? 이상하군요."

"그건 그렇지만, 최소한 인간으로서의 존엄은 남겨 놔야지요."

"허, 사람의 인생을 망가트릴 생각을 하면서 존엄을 지키겠다고요?"

노형진은 머리를 흔들었다.

야쿠자라서 그런지 생각이 단순했다.

그의 말대로 하면 속이야 시원할지도 모른다. 하지만 그렇게 되면 모든 걸 포기하게 된다.

"인간은 모든 걸 포기하게 되면 아무것도 하지 않게 되지요. 하지만 작은 거 하나라도 포기하지 않게 해 준다면, 그 끝을 잡기 위해 발악하죠."

그냥 포기하고 입을 다물어 버리면 곤란한 건 자신이다.

하지만 이렇게 최소한의 인격을 남겨 둔다면?

"인간이란 족속은 원래 희망이 있으면 그걸 잡으려고 발버둥 치기 마련입니다. 한국 속담에 물에 빠지면 지푸라기라도 잡으려고 한다죠."

코진은 미소를 지었다. 충분히 이해가 갔다.

"그러면 우리는 그냥 이름만 빌려주고 약간의 무력만 제공하면 되는 거군요."

"네."

그리고 매년 몇백억이라면 아주 많이 남는 장사다.

노형진도 그다지 양심에 찔리지는 않았다.

'자초한 거지.'

상대방은 사기꾼이나 남의 인생에서 고혈을 빼서 먹는 자들.

그들 스스로 자기 고혈을 빼먹혀 봐야 정신을 차릴 것이다.

"그래서 원하는 근무지라도 있습니까?"

개처럼 일해서 개처럼 뜯기네

"맛 드럽게 없네."

1등급, 그것도 투 플러스 한우 꽃등심을 먹던 홍준태는 이를 쑤시면서 투덜거렸다.

"매일같이 먹어 재끼는데 뭔들 맛있겠어요."

"그러게 말이야. 돈이 이렇게 좋다니까. 우리 그냥 전담 요리사 한 명 고용할까?"

"그것도 좋겠네요."

어차피 돈은 넘쳐 난다. 그걸 가지고 뭘 하든 자기 마음이다.

"그 멍청이들은 아직도 따라다녀요?"

"피눈물이 나겠지. 하지만 지들이 어쩔 건데? 내 돈이라고, 내 돈. 훔칠 거야? 날 죽이기라도 할 거야? 겁쟁이 새끼들."

겁쟁이들이라 자신을 죽이지도, 상해를 입히지도 못한다.

그러니 저들은 그저 따라다니면서 자신이 자기들의 돈을 쓰는 것을 보면서 피눈물을 흘릴 수밖에 없다.

"내가 쓰는 걸 막고 싶어도 그 새끼들은 막을 수가 없단 말이지."

자신들이 가진 건 현금이다.

그리고 그들이 억울하다고 그걸 빼앗아 가는 순간 그들은 강도가 된다.

그러니 어쩔 수 없이 자신이 좋은 걸 입고 좋은 걸 먹는 걸 구경하는 수밖에 없다.

"거지새끼들. 그렇게 멍청하니 평생을 개돼지로 살지."

히죽 웃은 홍준태는 미소를 지었다.

"그나저나 이제 슬슬 움직일 때가 되지 않았어요?"

"이번에는 어디로 갈까? 제주도? 아니면 양평?"

"강화도는 어때요?"

"일단 애들 입국하면 바로 움직이자고."

홍준태는 세계 여행 떠난 아이들이 입국하면 이곳을 뜰 생각이었다.

슬슬 자신의 위치를 알고 채권자들이 올 시기이기 때문이다.

"그나저나 내일은 뭐 먹나. 입이 고급이 되어서, 이거 먹고 사는 것도 곤욕이네."

"오호호호."

기분 좋게 웃는 두 사람.

그런 그들 앞에 한 대의 차량이 천천히 다가와 멈췄다.

"뭐지?"

그걸 보고 홍준태는 움찔했다.

자신을 찾아온 녀석이 있으면 여러모로 곤란하기 때문이다.

한 놈이 오면 다른 놈도 오기 마련인데, 그렇게 되면 서둘러서 자리를 옮겨야 한다.

"홍준태 씨?"

노형진은 차에서 내리면서 그를 바라보았다.

모르는 사람이 자신을 부르자 홍준태는 눈을 찌푸렸다.

"넌 뭐야?"

"노형진이라고 합니다. 채권자입니다."

"채권자?"

"주말자 씨한테 채무 가지신 거 있지요? 그거 구입한 게 접니다."

"주말자?"

홍준태는 곰곰이 생각하다가 그가 누군지 생각났다.

자신에게 7천만 원을 뜯긴 노친네였다.

가진 게 없으니 제발 돌려 달라고 읍소하던 노친네.

"그년이 살아 있어?"

당장이라도 죽일 것처럼 게거품을 물던 걸 생각한 그는 어이가 없다는 듯 말했다.

"네. 건강이 좋지는 않습니다만."

"그래서?"

"채권을 회수하러 왔습니다."

"그래서 뭐? 나 돈 없어. 사업이 망해서 거지야. 못 들었나 봐? 쯧쯧. 당신, 사기당한 거야. 얼마나 멍청하면 사기나 당하고 살까?"

실실 웃으면서 말하는 홍준태.

안 봐도 뻔하다. 노형진을 놀리는 거다.

"그래요? 하지만 당신은 돈이 좀 있는 것 같은데요?"

"이거 미국산이야, 미국산."

히죽거리면서 불판에 있는 고기를 쓰레기통에 처넣는 홍준태.

"더럽게 맛이 없어서 안 그래도 버리려고."

"그러면 일이라도 해서 돈을 갚아야지요."

"일이야 나도 하고 싶지. 하지만 어디 날 써 준다는 곳이 있어야지. 나도 나이가 있어서 그런지 아무도 안 써 주네?"

어깨를 으쓱하는 홍준태.

노형진은 그에게 일할 마음이 조금도 없다는 걸 알고 있었다. 그 때문에 이곳까지 온 것이다.

"걱정하지 마세요. 제가 직업소개소분들을 데리고 왔습니다."

"뭐? 직업소개소?"

"네. 아, 때마침 저기 오시네요."

그 말과 함께 정원으로 들어오는 한 대의 차량.

거기에서는 건장한 체구의 남자 네 명이 내렸다.

그걸 본 홍준태는 어이가 없다는 표정이 되었다.

"뭐야. 협박이야?"

"아니요. 협박 아닙니다. 사람을 어떻게 보고."

"그러면 저 새끼들은 뭐야?"

"새끼라고 하지 마라, 뒈지기 싫으면."

사내들 앞에 있던 남자가 무서운 표정을 지으면서 말했고, 홍준태는 순간 움찔했다.

그런데 남자의 발음이 묘하게 이상했다.

"저…… 사람들은……?"

"일본에서 모시고 온 직업 알선 전문가입니다."

"일본?"

"네. 일본에서는 유명한 분들이지요."

노형진이 씩 웃으며 말했다.

일본이라는 말에 홍준태는 아차 싶은 표정이 되었다.

"아, 저희 회사를 소개하지 않았군요. 저희는 일본계 회사입니다."

"이…… 일분계?"

"일분계가 아니라 일본계요."

"일본계……."

"네, 일본에 본사를 둔 초대형 채권 추심 업체입니다. 돈

못 갚으시는 분들, 특히 여성분들을 일본에 초청해서 직업을 알선해 드리고요, 여의치 않으시면 병원도 추천해 드립니다."

홍준태는 침을 꿀꺽 삼켰다.

그는 바보가 아니다. 바보라면 애초에 남들에게 사기도 치지 못했을 것이다.

그 때문에 노형진이 한 말이 무슨 뜻인지 어렵지 않게 알 수 있었다.

"이 녀석들이 야쿠자란 말이야?"

"그런 말씀 마세요. 듣는 야쿠자 기분 나쁩니다. 이분들은 직업 알선 전문가들이라니까요."

노형진은 빙글빙글 웃으며 말했고, 홍준태의 얼굴은 점점 사색이 되었다.

'다른 사람들처럼 만만하다고 생각하면 오산이지, 후후후.'

홍준태가 저렇게 벌벌 떠는 것은 그들과 한국의 기업은 전혀 다르기 때문이다.

한국인의 기업은 어찌 되었건 법률 안에서 움직인다.

설사 아니라고 해도, 그는 경찰과 검찰 그리고 정치계와 상당히 밀접한 연관이 있어서 적절하게 뇌물을 쓰면 어렵지 않게 수습할 수 있다.

하지만 상대방은 야쿠자.

한국과 아무런 관련도 없고, 또 한국 조폭들과는 비교도 되지 않을 만큼 위협적인 곳.

"아, 혹시나 해서 말씀드리는 건데……."

노형진은 잔뜩 긴장한 홍준태를 보면서 미소 지으며 말했다.

"이분들 다 일본 국적을 가지신 분들입니다. 그래서 한국어 소통에 서툴러요. 그러니까 주의하세요."

"헛."

여차하면 너 하나쯤은 죽이고 일본으로 튀면 그만이라는 뜻이다.

"그러고 보니……."

노형진은 잠깐 생각하다가 안타깝다는 듯 입을 열었다.

"요즘 보니 이사를 자주 다니시던데요?"

"그게…… 돈이 없어서……."

야쿠자의 등장에 홍준태는 눈알을 데굴데굴 굴리면서 대답했다.

"아이고, 그러셨구나. 조심하셔야지요. 요즘 세상이 얼마나 흉흉한데요. 이렇게 자주 이사 다니면 실종돼도 아무도 몰라요."

"……."

홍준태는 침을 꿀꺽 삼켰다.

저 말이 무슨 뜻인지 알아차린 것이다.

더 무서운 건, 틀린 말이 아니라는 것이다.

사기를 칠 때 가장 최우선 대상이 되는 것은 자신을 믿을 만한 사람, 그러니까 친척 같은 사람들이다.

그러니 이미 홍준태에게 사기당한 그들이 자신의 실종을 신고할 리 없다.

도리어 도망갔다면서 지금도 잡으러 다니고 있으니까.

"그러니까 주소지는 확실하게 이야기하셔야지요."

노형진은 그에게 다가가서 얼굴을 톡톡 두들겼다.

"내일부터 저분들이 직업을 구해 주실 겁니다. 일은 하지 않으셔도 됩니다만…… 저분들은 자기 성의가 무시되는 걸 무척 싫어하실 거예요."

"그……."

항변하려고 했지만 이미 다가온 야쿠자들이 홍준태를 에워싸고 있었다.

"이야, 좋은 거 먹었다고 하더니 건강해 보이네."

"얼마나 받을까?"

"글쎄, 뭐 멀쩡해 보이니 제법 비싸지 않겠어?"

"하긴, 중국 쪽 애들이 단속에 걸리면서 요즘 가격이 많이 올랐잖아?"

그들이 하는 말은 참으로 미묘했다.

얼핏 들으면 장기를 내다 팔겠다는 건가 싶기도 하고, 또 얼핏 들으면 신체 건강하니 일당 많이 받겠다고 하는 것 같기도 했다.

중국 쪽 불법체류자들이 노형진과 팔각수의 싸움에 휩쓸려서 단속에 걸려 추방당하는 것도 사실이지만, 중국계 조직이 한국에서 박멸되면서 장기의 가격이 비싸진 것도 사실이기 때문이다.

"그러면 전 이만 가지요. 내일부터는 이분들이 직업을 구해 주실 겁니다."

노형진은 미소를 지으면 몸을 돌렸다.

그리고 아차 하는 표정으로 다시 몸을 돌려서 홍준태를 바라보았다.

"아, 깜빡할 뻔했는데."

홍준태는 노형진이 무슨 말을 하려는 건지 걱정되어서 움직이지 못했다.

그런데 아니나다를까, 그의 입에서는 홍준태가 걱정하는 최악의 말이 나왔다.

"자녀분들도 입국하시죠? 아버지 빚을 갚는 데 자녀분들도 도와주셔야 하지 않겠습니까?"

홍준태와 그 아내는 부르르 떨 수밖에 없었다.

⚖

"세상에나……."

홍준태는 몰랐다. 지금 같은 시대에 진짜로 똥을 푸는 사람이 있을 줄은.

"빨리해."

어눌하게 말하는 야쿠자들조차 좀 떨어진 곳에서 코를 막고 있다.

그들도 이 직업에 당황한 듯 보였다.

그럴 수밖에 없는 게, 그 장비라는 것이 당연히 막대기와 똥 푸는 통이기 때문이다.

"장난해!"

21세기라 불리는 지금, 멀쩡하게 차량을 이용해서 펌프로 흡입하는 장비가 있는데 똥을 손으로 퍼서 날라야 하다니?

"어쩔 수 없어요."

그 일을 하는 남자는 어깨를 으쓱했다.

"그쪽 동네에는 차가 못 들어가니까."

"차가 못 들어간다고?"

"네."

산동네, 또는 쪽방촌이라 불리는 곳.

그곳은 차가 들어갈 수 있는 구조가 아니다.

일단 접근도 힘들고, 설사 어찌어찌 접근한다고 해도 화장실까지는 터무니없이 멀다.

"그런 곳은 어쩔 수 없이 이렇게 수동식으로 퍼서 날라야 합니다."

그는 쓴웃음을 지으면서 장비를 홍준태에게 건넸다.

처음 변호사라는 인간이 와서 말을 꺼낼 때는 장난인 줄 알았다. 그런데 진짜로 왔다.

이것이 법이다

"그 옷은 후회할 텐데."

더군다나 홍준태가 입고 온 옷은 명품이다. 그것도 양복.

"으으……."

홍준태는 일이라고 하기에 어디 직장에 강제로 넣어 주는 것인 줄 알았지, 이런 일이라고는 꿈에도 생각도 못 했다.

"빨리 일해라."

어눌하게 말하는 야쿠자의 눈살에 홍준태는 이를 박박 갈았다.

"이 꼴로 어떻게 일하라고? 아니, 애초에 이딴 일을 어떻게 하라는 거야!"

"어허, 이딴 일이라니! 결국 누군가는 해야 하는 일인데 힘들게 하시는 분한테 감사의 인사는 못 할망정."

그때 들리는 목소리에 고개를 돌려 보니 노형진이 서 있었다.

그는 싱글거리면서도 다가오지는 않았다.

"너…… 너……!"

"으악! 아저씨, 오지 마세요. 냄새나요."

옆에 있던 손채림의 말에 홍준태는 당장이라도 혈압이 올라서 쓰러질 것 같았다.

"여러분, 저분이 일하기 싫다는데요?"

노형진은 웃으면서 말했다.

그러자 야쿠자들의 얼굴에 미소가 떠올랐다.

"그래요? 그러면 여기서 냄새를 맡으면서 일할 필요는 없지요."

"뭐야? 뭐야? 뭐 하는 거야?"

일하기 싫다고 하니 자신을 끌고 가는 남자들의 손길에 더럭 겁이 난 홍준태는 부들부들 떨었지만, 그들은 더 이상 냄새나는 곳에 있기 싫었기 때문에 잽싸게 그를 태우고 떠났다.

노형진은 그런 그들을 바라보다가 옆에서 머쓱한 얼굴로 있는 남자에게 다가갔다.

"여기, 오늘 일당입니다."

"아니…… 그게…… 일을 한 것도 아닌데……."

"약속은 약속이니까요."

처음에 그가 와서 일을 시켜 달라고 했을 때에는 장난인 줄 알았다.

하지만 제대로 일을 못 하게 되면 그만큼 자신이 배상해 준다고 하더니 진짜로 주는 것이다.

"그리고 오늘 하루로 끝나지 않을 테니까요."

"네?"

"내일은 꼭 와서 일을 배울 겁니다. 걱정하지 마세요."

"이걸 배운다고요?"

"네. 누군가는 해야 하는 일 아니겠습니까? 후후후."

노형진은 묘한 미소를 보이며 웃었다.

"으으으……."

노형진의 말대로 다음 날 홍준태는 일을 하고 있었다.

몇 번이나 토하고 몇 번이나 쓰러지면서도 어쩔 수 없이 일하고 있었다. 일을 하지 않았을 때 겪게 되는 일이 어떤 건지, 어젯밤 너무나 뼈저리게 알게 되었기 때문이다.

'개 같은 새끼들.'

그들은 절대로 상처가 남지 않게 자신을 괴롭혔다.

차라리 패면 티라도 내겠는데, 그들은 자신을 묶어 두고 얼굴에 물티슈를 얹었다 뗐다 하기를 반복했다.

죽음이 다가올 때마다 그들은 물티슈를 떼어 내며 생명을 연장했고, 그는 살려 달라고 읍소해야 했다.

"으으으……."

더군다나 자신만 당한 게 아니었다.

옆에는 아내가 끌려와서 똑같은 일을 당했다.

아내가 끌려갔던 곳은 다름 아닌 분리수거장.

그곳에서 그녀는 구역질을 하면서 일을 해야만 했다.

당연히 못 한다고 버텼고, 그대로 끌려왔다.

"우에엑!"

똥을 퍼 낼 때마다 몇 번이나 토하고 또 토해서 이제는 신물 말고는 나오는 게 없음에도 계속 넘어오는 것은 어쩔 수가 없었다.

"냄새 끝내주네."

그를 따라다니는 야쿠자들은 히죽거리면서 비웃어 댔다.

돈으로 어떻게 포섭해 볼까도 했지만 그들은 들은 척도 하지 않았다.

"후우, 후우."

홍준태는 최대한 입으로만 숨을 쉬려고 했다.

하지만 가파른 고갯길, 거기에 똥이 가득 찬 통을 들고 움직이자 자신도 모르게 코로 숨을 쉴 수밖에 없었고, 그때마다 구역질이 날 수밖에 없었다.

물론 그렇게 해서 넘어지거나 쓰러지면 그 청소도 자신의 책임이었다.

"후우……."

간신히 산 아래까지 내려온 그는 통을 비우고 후들거리는 다리를 지탱하면서 벽에 기댔다.

퍽.

그 순간 그의 머리에 날아와서 부딪히는 무언가.

고개를 내려보니 은박지에 싸여 있는 기다란 뭔가였다.

"김밥?"

까 보니 김밥이었다.

"밥은 먹고 해야지."

좀 떨어진 곳에서 이죽거리면서 말하는 야쿠자.

그걸 본 홍준태는 분노로 부들부들 떨었지만 그것 말고는 그가 할 수 있는 게 없었다.

"생각 없다."

"한국에서는 상급자한테 반말하나?"

홍준태는 눈을 찌푸렸다. 일본 놈 주제에 어찌 저리 한국 말을 잘하는 건지, 실로 미스터리였다.

"생각이 없습니다."

똥을 푸면서 냄새가 올라오면 빈속이 뒤집히는 판국이다. 그런데 밥을 먹으라고?

아마 오후에도 계속 구역질을 하게 될 것이다. 차라리 안 먹는 게 나았다.

그는 그렇게 생각했다. 하지만……

"커억!"

"농땡이 부리면 안 된다고 했다."

그의 목을 조르는 야쿠자.

그는 홍준태의 얼굴을 붙잡고 똥통으로 끌고 갔다.

그리고 거기에 그의 얼굴을 밀어 넣었다.

"으아아아!"

최악의 상황을 예감한 홍준태는 비명을 지르면서 저항했고, 똥물을 바로 코앞에 두고 그의 얼굴은 멈췄다.

"다시 한 번 밥 안 처먹으면 똥 먹이겠다. 밥을 먹어야 힘 이 나고, 힘이 나야 일할 수 있다."

"으으……."

장난스럽지만 명백한 협박을 한 그는 홍준태를 바닥으로 집어 던졌다.

"으으으……."

홍준태는 공포에 부들부들 떨었다.

반쯤은 장난이었지만 반쯤은 진심이었다.

'경찰에 신고할까?'

하지만 그럴 수가 없었다.

개인도 아니고 야쿠자다.

범죄를 저지르기 전에 이미 충분히 조사한 적이 있기에 잘 알고 있다. 경찰에 신고해도 잡혀가는 것은 저들뿐이다.

게다가 끌려간다고 해 봤자, 저들이 과연 어떤 처벌을 받을까? 기껏해야 벌금과 추방 정도일 것이다.

'하지만 진짜 야쿠자라면…….'

저들은 추방당하겠지만 그다음은? 그다음에 오는 자들은?

그들은 수십만이고, 원하는 대로 얼마든지 사람을 보낼 수 있다. 최악의 경우, 다음에 오는 사람은 직업을 소개시켜 주는 게 아니라 자신의 장기를 원할 수도 있다.

"으으으……."

"질질 짜지 말고 처먹어."

"크으윽……."

홍준태는 눈물을 철철 흘리면서 김밥을 입안으로 힘겹게

욱여넣었다. 하지만 그 모습을 바라보는 야쿠자들의 눈빛은 차갑기 그지없었다.

게다가 그의 고난은 그게 끝이 아니었다.

"오늘 일당은 없습니다."

차갑게 말하는 남자.

홍준태는 정신이 혼미해지는 느낌이었다.

"뭐라고! 장난해! 지금까지 내가 얼마나 개고생을 하면서 일했는데!"

화를 참지 못한 그가 달려들자 야쿠자는 그를 그대로 바닥으로 패대기쳤다. 그런 그를 남자는 안타깝게 바라보았다.

"어쩔 수 없어요. 당신을 고용하기로 하고 나서 한 약속입니다. 당신이 일을 제대로 못 하면 일당을 주지 않기로 했어요. 오늘 내내 다섯 번이나 넘어지고 수십 번씩 토하느라고 화장실 하나도 못 비웠으니……."

"이 개 같은……."

"저도 방법이 없네요."

마음 같아서는 불쌍해서라도 주고 싶었다.

하지만 지켜보고 있는 야쿠자들의 눈빛이 너무나 차가웠다. 남자는 그 눈빛을 이길 수가 없었다.

"죄송합니다."

"흑흑흑흑……."

홍준태의 눈에서 통한의 눈물이 쏟아져 나왔다.

"홍준태는 의외로 오래 버티네?"

노형진은 홍준태의 보고를 듣고서는 피식 웃었다.

"다른 놈들은 벌써 토했는데."

"금액이 금액이니까."

몇천만 원 정도 사기 친 놈들은 울고불고 무릎을 꿇으면서 돈을 토해 냈다. 그뿐만 아니라 정신적 손해배상과 그로 인한 이자까지 토해 냈다.

"그나저나 이렇게 쉽게 토해 낼 거라고는 생각도 못 했는데?"

손채림은 어이가 없다는 듯 말했다.

정부도, 채권 추심 업체도 못 받아 냈을 뿐만 아니라 아무도 방법이 없다고 했다.

그런데 시작한 지 채 3주도 안 되어서 벌써 돈을 토해 내는 놈들이 부지기수다.

"당연하지. 저 녀석들이 사기 치는 이유가 뭔데."

"뭔데?"

"그 돈으로 잘 먹고 잘사는 것. 간단한 이유이자 확실한 이유지. 그런데 이 작전은 그걸 봉쇄해 버리는 거잖아?"

사기를 쳐서 돈을 모으는 이유는 그 돈으로 편하게 살기 위해서다.

그런데 그걸 철저하게 차단하고 돈을 못 쓰게 한다면?

그들이 사기를 친 의미가 없다.

"그러면 차라리 퇴근 후도 지옥으로 만들어 주지?"

노형진의 작전 중 이해가 가지 않는 것 중 하나가 바로 퇴근 후에는 절대로 터치하지 않는다는 것이다. 그 돈으로 여자를 품든 룸살롱을 가든 소고기를 처먹든 말이다.

물론 도망가지 못하게 감시는 하지만, 그 외에는 뭘 하든 놔뒀다.

"그러면 너무 편하지."

"응?"

"인간은 원래 적응하는 동물이야. 그 녀석들을 투입한 직업은 더럽고 힘들고 위험한, 소위 말하는 3D 직업이야. 사기꾼들이 가장 하기 싫어하는 일이고, 궁극적으로는 그런 일을 하지 않기 위해 사기를 치는 거나 마찬가지지."

"그래서?"

"그런데 웃긴 게 뭐냐면, 인간은 적응의 동물이라는 거야."

직업이라는 것은 어느 한순간 '짠' 하고 생기는 게 아니다.

물론 누군가 새로운 직업을 만들 수 있을지도 모르지만 그건 어디까지나 쉽고 편하게 돈을 벌 수 있는 직업이지, 더럽고 힘들며 위험하면서도 돈은 조금 주는 직업은 아니다.

"즉, 하기 싫은 건 둘째 치고, 하다 보면 언젠가는 익숙해진다는 거지. 오랜 시간 한 가지의 일을 했다고 무조건 그 일을 좋아하는 건 아니니까."

인간은 적응의 동물이다. 그러니 어쩔 수 없이 일을 해야 한다면 적응하게 된다.

얼마 전까지 수억짜리 차를 몰았어도, 망해서 원룸에서 살게 되고 버스를 타야 한다면 그에 적응하는 게 인간이다.

"하지만 출근하면 돈을 받지도 못하고 일하고, 퇴근하면 온갖 사치를 다 할 수 있지. 과연 적응이 가능할까?"

"아하! 못 하겠네."

"할 수 있을 리 없지."

인간이 일하는 보람은 돈에서 나온다.

돈이 벌리는 게 눈에 보여야 보람이 느껴지고, 또다시 일할 수 있는 힘이 된다.

그런데 버는 족족 빼앗기고, 집에 오면 사치를 하고, 또 내일 다시 돈 한 푼 받지 못하고 지옥으로 끌려간다고 생각한다면, 사람이 과연 버틸 수 있을까?

"사람은 내일의 희망이 있으면 버티지만, 내일도 절망만이 기다리고 있으면 죽어."

부자들이 자살하는 이유가 그런 거다.

당장 돈이 많고 즐길 것도 많지만, 희망이 없고 보람이 없으니까.

그러니까 그냥 죽음을 선택하는 거다.

"그들이 딱 그 짝이야."

아무리 지금 즐거운 상황이라고 해도 내일은 고통이 기다리고 있다는 걸 안다.

그러니 절대 액면 그대로 즐거울 리 없다.

"그런데 그 돈을 포기하면 내일 희망이 온다고 생각해 봐. 과연 어떤 생각이 들까?"

"너…… 무섭다."

"인간의 심리는 의외로 간단하면서도 또 섬세하거든."

저들에게 돈이 부질없다고 느끼게 만드는 작업.

그게 지금 벌이는 일의 중심이다.

사실 그들이 일해서 벌어 봐야 얼마나 벌겠는가?

"하지만 홍준태는 의외로 오래 버티는데?"

"워낙 큰 돈이니까. 감성보다는 이성이 버티게 하는 거겠지."

무려 60억이다.

거기에다 정신적 위자료와 배상금까지 합하면 80억.

사실상 그의 전 재산을 내놔도 부족할 판이다.

그러니 이를 악물고 버티는 것이다.

"그럴 때는 또 나름의 방법이 있지."

그리고 그 방법을 쓰는 데 있어, 노형진은 절대로 주저할 생각이 없었다.

다음 권으로 이어집니다

200평 초대형 24시 만화방

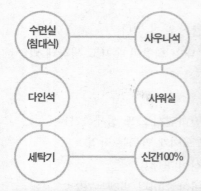

- 수면실 (침대식)
- 사우나석
- 다인석
- 샤워실
- 세탁기
- 신간100%

수원 인계동점

● 나혜석거리   ● 농협

● CGV   ● 수원시청역 ⑧

무비 사거리

소주한잔 건물
24시 만화방 3F   홍콩반점   홈플러스

TEL : 031-226-3771
수원시 팔달구 인계동 1041-11 3층 24시 만화방

의정부점

의정부역 ④ ⑤   흥선지하도

◀서울방향

진성약국   던킨도넛츠

24시 만화방 3F

TEL : 031-856-3971
경기도 의정부시 의정부동 197-13 3층

주안점

주안 남부역

◀제물포   민병철 어학원   간석동▶

25시 만화방 6F

TEL : 032-426-2871
인천광역시 주안남부역 지하상가 4번 출구 GS25시 건물 6층

안양점

● 안양역   육교

◀관악역   명학역▶

● 농협   24시 만화방 2F

안양일번가

TEL : 031-466-3771
경기도 안양시 안양동 674-163 조이당구장건물 2층

국회의원 이성윤

ROK MODERN FANTASY STORY

이해날 현대 판타지 장편소설

『어게인 마이 라이프』『판사 이한영』에 이은
이해날표 정치물 신작!
『국회의원 이성윤』

한국 정치에 관한 예지몽을 꾼 이성윤
미래를 뒤집기 위해 비주류를 당선시키고
능구렁이 재벌 의원과 연합하며
정치계의 킹메이커로 떠오르다!

하지만 꿈속의 철천지원수와 맞닥뜨리며
예측 불허의 상황에 빠져드는데……

그가 향하는 곳에 새 시대의 대통령이 있다?
어디서도 보지 못한 정치판이 펼쳐진다!